publication PN°1
Bibliothek der Provinz

Peter Henisch

Baronkarl

Alte und neue Peripheriegeschichten

mit Fotografien von

Sepp Dreissinger

Verlag
publication PN°1

A-3970 WEITRA
02815/35594

1992

ISBN 3 900878 76 5

printed in Austria
by
Denkmayr
A-4223 Katsdorf

Sämtliche Fotografien (ausgenommen die Originalfotos vom Baronkarl) sind im ersten Halbjahr 1992 im Wiener Bezirk Favoriten entstanden

I

Reservechristus, fragt einer, was suchst denn da?
Geschichten such ich. Kannst mir welche erzählen?
Er körpert näher: Erzählen kann ich dir nix …
Aber eine aufs Aug stemmen kann ich dir gern.

Baronkarl (1. Originalfoto)

Ort: *Wien. Auf dem Laaerberg. Im Böhmischen Prater. Irgendein Gasthausgarten. Heft auf dem Holztisch. Die Hand, wie sie schreibt. Das Geräusch, das die Bleistiftmine auf dem Papier macht. Neben dem Heft steht ein Krügel Bier. Neben dem Krügel Bier steht ein Teller mit den Resten einer sauren Knackwurst.*

Zeit: *Schon lang. Oder erst vor kurzem. Beides. Frühling. Dann Herbst. Ein Bild geht ins andere über.*

Stimme des Autors (jung): *Wissen Sie, ich bin nämlich kein Schreibtischtyp, mir tut es leid um die schönen Tage.*

Andere Stimme (alt): *Über den Baronkarl sollten Sie einmal was schreiben.*

Natürlich hatte ich schon vom Baronkarl gehört gehabt. So viel hatte ich mitbekommen: Dieser Baronkarl war ein Original gewesen. Ein Bezirksoriginal, ja beinahe ein Bezirkspatron. Aber was sollte ich mit so einem anfangen?

Ich hatte die Absicht, Peripheriegeschichten zu schreiben. Meine Idee von Peripherie: Eine Gegend der Gegensätze, des Widerspruchs. Ich wohnte nicht weit von dort, ich bekam mit, wie sie die Gegend Stück für Stück wegbaggerten, Stück für Stück einebneten. Wozu schreibt man? Ich wollte etwas davon festhalten.

Der Baronkarl also. Paßte der in meine Peripheriegeschichten?

Was die Leute von ihm erzählten, waren ja fast Heiligenlegenden.

Wirklich: Die Leute. Jeder zweite, den ich auf Geschichten ansprach, kam mir mit dem Baronkarl daher.

Eine Zeit lang wehrte ich mich gegen ihn. Aber dann begriff ich, daß (und wie) er zu meinen Peripheriegeschichten gehörte.

Die erste Baronkarl-Anekdote spielt allerdings nicht auf dem Laaerberg, sondern in der Gegend des Waldmüllerparks. Dort, in der Hasengasse, hat der Baronkarl sein Stammquartier gehabt. Eine Kommunekiste (so nannte man die von der Gemeinde, damals noch *Kommune*, Wien aufgestellten Mistkisten). Manche sagen, es habe sich um eine Streusandkiste gehandelt, die wollen ihren Baronkarl rein & fein.

In der Hasengasse haben auch meine Großeltern mütterlicherseits gewohnt. Wenn die miteinander stritten, keppelte der Opa tschechisch, und die Oma keifte slowakisch. Was mich betrifft, so bin ich gar kein Ur-Favoritner. Die Bande, die mich einmal beim Durchqueren des Waldmüllerparks überfallen und mit auf den Rücken gedrehtem Arm in ein Gebüsch hinter dem Friedhof geführt hat, muß das bemerkt haben.

Die Anekdote geht so: Einmal, als sie noch jung war, erzählt eine heute schon sehr alte Frau, sei sie einkaufen gegangen, da sei ein Sturm aufgekommen. Daß ich meine Großeltern besuchen wollte, interessierte die Brüder, die mich dort hinten einzuschüchtern versuchten, herzlich wenig. Und sie habe probiert, ihren Regenschirm aufzuspannen, denn geregnet habe es auch. Sie schnitten mir mit einem Taschenmesser sämtliche Knöpfe von der Weste und drohten, es werde mir Schlimmeres passieren, wenn ich meinen Freunden aus Margareten nicht sagte, sie sollten sich hier nicht mehr blicken lassen. Aber der Sturm, so die alte Frau, sei recht stark gewesen. Er habe den Schirm immer wieder umgedreht. Ich hab überhaupt keine Freunde in Margareten, sagte ich wahrheitsgemäß. Das hätte ich nicht sagen sollen: sie schlugen mich rechts und links ins Gesicht, bis ich aus Mund und Nase blutete.

Wie der Schirm schließlich in einem Zustand gewesen sei, daß man ihn nur mehr habe wegwerfen können. Wie ich schließlich in einem Zustand war, daß ich, von meinen Peinigern endlich losgelassen, ins Gras kotzte. Ich suchte nach einem Hydranten und fand den, an dem der Baronkarl angeblich seine Morgentoilette gemacht hatte. Aber ich will nicht vorgreifen. Die Erzählerin suchte nach einer Kommunekiste. Der Hydrant und die Kiste: einander benachbart. Mist oder Streusand? Ich hatte andere Sorgen. Die Tatsache, daß die alte, damals noch junge Dame, den Schirm dort deponiert haben will, spricht für die erste Version. Sie habe den Schirm mit der Spitze voran hinein gesteckt und/ aber da habe es heftig aus der Kiste heraus geflucht.

U.s.w. Was folgt, ist der starke Auftritt des Baronkarl. Der Deckel der Kiste öffnet sich, und einer im schwarzen Anzug steigt heraus. Darunter habe er zwar kein Hemd gehabt, sondern nur ein gestreiftes Ruderleibchen. Aber auf dem Kopf einen steifen Hut und im Knopfloch eine verwelkte Blume. Über die Adjustierung des Baronkarl gibt es voneinander abweichende Aussagen. Über den Hut z.B.: Nie im Leben sei das ein steifer Hut gewesen. Auch von einem schwarzen Anzug könne natürlich keine Rede sein. Was der Baronkarl oben angehabt habe, war ein helles, sagen wir graues, Listersakko, nein ein Gabardinetrench. Allerdings sei an seinem Hut (flach, zerquetscht, fett) eine Straußenfeder gesteckt. Und unter dem Arm habe er immer einen zusammengerollten Teppich getragen. Und zwei bis drei Blechgefäße am Hosenstrick. Die Geige nicht zu vergessen, denn ohne Geige ist der Baronkarl gar nicht denkbar.

Nein, sagt die alte Frau, an Geige und Teppich könne sie sich nicht erinnern. Für sie war der Anzug außerdem schwarz, egal, was andere Leute reden. Vielleicht sei die

Blume im Knopfloch allerdings eine Zwiebelschale gewesen. Denn mit roten Zwiebelschalen, die offenbar jemand zum Abfall geworfen hat, war der Mann, den sie gesehen hat, übersät. Dann ist der Baronkarl zum Hydranten gegangen. (Ja, just zu dem, an dem ich Jahre später mein blaues Auge kühlte). Und hat sich gewaschen und hat sich den Mund gespült. Und dann, auf dem Randstein sitzend, hat er sich mit einem Bartwisch, den er also auch bei sich gehabt haben muß, die Zwiebelschalen vom Revers gebürstet und in einer eigenartig hohen („irgendwie fernen") Tonart ein Lied gepfiffen.

Burenwurst Waldviertler Käsekrainer Bratwurst Debrecziner Frankfurter Grillwurst. Pommes frites Langos Heißer Leberkäs Hotdogs Ćevapčići. Die Qual der Wahl. *Was bleibt, ist die zweite Wahl. Signal gegen den Rechtsruck.* Austro- und Balkan-Burger.

Die Würstelstände: Oasen inmitten der Wüste. Ansonsten: Terrarien mit Handtaschen, Schuhen, T-Shirts und Jogging-Anzügen. Auf quadratisch angeordneten Sitzbänken hat jeder (jede) seinen (ihren) kalten Arsch für sich allein. Da sitzen sie, nach dem Willen der Stadtplaner voneinander abgewandt, und dürfen ihr Eis schlecken.

Das also ist Favoriten, sagt S. und schaut skeptisch durch seine Kamera. Das hab ich mir, ehrlich gesagt, ganz anders vorgestellt. Ja, sage ich, in meiner Erinnerung ist es auch anders. In den 50er-, ja noch in den 60er-Jahren war das ein gemütlicher Bezirk.

Wirklich gemütlich?

Naja, sage ich. Vielleicht ist gemütlich nicht das richtige Wort. Sagen wir hart, aber herzlich.

Bist du hier aufgewachsen?

Nein, nicht direkt. – Aber für ein paar Jahre bin ich hier in die Schule gegangen. Außerdem habe ich hier Fußball gespielt. Und später war ich hier verheiratet.

S. bringt die Kamera *gegen mich* in Anschlag.

Nicht, sage ich. Hier gibt es doch ganz andere Motive.

In stilisierten Schanigärten löffelnd und gabelnd: Familien mit Fernsehaugen. Das Schweigen im WIENERWALD. Die lebhaftesten Gespräche werden von den Spatzen auf den verlassenen Tischen geführt.

Selbst und gerade die Türken: merkwürdig still. Gruppieren sich eher am Rand der Fußgeherzone und machen vor lauter Anpassung einen konspirativen Eindruck. Jetzt läuft zwar eine Frau mit schwarzem Kopftuch in die Mitte der Straße. Aber das tut sie nur, weil ihr ein stoppelglatziges Kind davongerannt ist – sie will es anscheinend einfangen, bevor es jemand als Ruhe- & Ordnungsstörung empfindet.

Das ist Wiens größter Bezirk, sage ich, nach der Einwohnerzahl wäre Favoriten die viertgrößte Stadt Österreichs. Nein, schön ist es nicht hier, aber früher habe ich diesem Ambiente was abgewonnen. Sogar sowas wie Heimatgefühl habe ich in diesen Bezirk hinein projiziert. Und (illusorisches) Klassenbewußtsein: das ziegelrote Wien, habe ich gesagt, ist mir lieber als das kaisergelbe.

Wo ist es ziegelrot? fragt S.

Weiter draußen.

Soll ich einen Farbfilm kaufen?

Nein, sage ich, dieses Ziegelrots nicht mehr sicher.

Vielleicht, denke ich, ist weiter draußen nur noch in mir drinnen.

Sie haben so viel niedergerissen, sage ich, sie haben so viel verbaut.

Auf einer anachronistisch hölzernen Bank eine alte Frau, die mit sich selbst spricht. Möglicherweise spricht sie auch zu den Passanten. Sie schimpft oder jammert mit dünner, kindlicher Stimme. Vorbeipromenierende Paare sehen sie mißbilligend an und schütteln parallel zueinander die Köpfe.

Jaja, die Favoritner Gemütlichkeit. Überhaupt die Gemütlichkeit, die man in Wien und Umgebung für sich beansprucht. Gemütlich: was soll denn das heißen? Das Gemüt ansprechend? – Welches und wessen Gemüt? Und zu welchem Ende?

Wendungen: Hier hört sich (transitiv) die Gemütlichkeit auf. Wo (respektive wann) hat sie eigentlich angefangen? Da (wo bzw. wann?) kann ich aber ungemütlich werden. Sein Gemütchen erwärmen. Sein Mütchen kühlen.

Die Favoritner, sagt Martins Mutter, die den Baronkarl auch gekannt hat, sind tolerante Leute. Wer ist

Martin, fragt S. Martin, sage ich, macht Musik, er ist Favoritner aus Passion. Das gibts? Ja, das gibts. Als es darum gegangen ist, eine Wohnung zu finden, wollte er nirgends anders hinziehen. Ist das nicht eine komische Leidenschaft fürs Lokale? Nein, das Lokale ist der Konkavspiegel, in dem man die Welt reflektiert.

Also These 1: Die Favoritner sind tolerante Leute. Auf dem sogenannten Platzl zum Beispiel, dem nach dem Groß-Vater der österreichischen Sozialdemokratie benannten Viktor Adler Markt fällt kein böses Wort. Sagt Martins Mutter. Hier leben die Ur- und die Neufavoritner friedlich nebeneinander. Sauerkraut & Gurken: Leo Strmiska, Lammfleisch & Döner Kebab: Hilal Kasabi.

Friedlich nebeneinander. Ob das auch wahr ist? Martins Mutter hat sogar türkisch gelernt, sie kann mit Türken hier auf dem Viktor Adler Markt reden. Tschok güzel. Von ihrer Sorte sollte es mehr Leute geben. Wir wollen nicht eigens bleiben und auf ein böses Wort warten.

Martin selbst allerdings hat mir eine andere Geschichte erzählt. Von einem, der in der Straßenbahn (Linie 67) gesessen ist, zwischen Reumannplatz und Kurzentrum Oberlaa. Dieser Reumannplatz hat übrigens früher Bügerplatz geheißen, nach dem Dichter Gottfried August Bürger. Doch um was für einen Bürger es sich gehandelt hat, haben die wenigsten gewußt, also hat man den Platz 1925 nach einem sozialistischen Bürger-Meister umbenannt, so weit ging damals das proletarische Bewußtsein.

Aber zurück zu dem Typ in der Straßenbahn. Er soll dunkle, gekräuselte Haare gehabt haben und einen an den Spitzen über die Mundwinkel herabhängenden Schnurrbart. Steh auf, Tschusch, haben sie zu ihm gesagt, es war in der Stoßzeit zwischen 5 und 6 Uhr abend. Eine Spannung ist in der Luft gelegen, der Straßenbahnwagen war ziemlich voll, und der Mensch hat halt seine Aggression nach der Arbeit.

Nun, Tschusch hätte man früher, vor sieben, zehn, fünfzehn oder fünfundzwanzig Jahren auch zu einem gesagt, der so aussieht – das Wort, wohl abfällig, aber gebräuchlich, bezeichnet im Wiener und über Wien hinaus ausstrahlenden Dialekt einen aus dem Südosten Zugereisten. Jetzt aber, sage ich, während S. die viel ungenierter als früher am Kiosk hängende NATIONALZEITUNG fotografiert – Schlagzeile: *Droht neue Ausländerwelle?* – jetzt ist die Aggression, die all die Jahre getröpfelt hat wie eine undichte Bassenawasserleitung, immer schwerer abzudrehen. *Das Überschreiten der Gudrunstraße ist lebensgefährlich,* etc., das kann man, wenn man kann, in drei Sprachen (deutsch , serbokroatisch und türkisch) lesen. Also sollten alle miteinander die selbe Passage benützen.

Aber ich wollte vom Gastarbeiter (wird dieses Wort eigentlich noch von irgendwem verwendet?) in der Straßenbahn erzählen. Eine neue Qualität im Wort Tschusch, S., früher Lehrer, weiß natürlich, was ein qualitativer Sprung ist. Das Wort Tschusch, nicht mehr nur abfällig, sondern ausgesprochen bedrohlich ausgesprochen. Steh auf, Tschusch (für viele unserer Mitmenschen ist doch jeder, der gekräuselte Haare und einen Schnurrbart hat, Jugoslawe, Rumäne oder Türke, alles eins, neuerdings ein Tschetnik).

Und jetzt sitzt der einfach da. Auf unserem Sitzplatz. Der Sitzplatz/ der Arbeitsplatz/ die Straßenbahn ist voll/ das Boot ist voll – über den Rand der KRONENZEITUNG, die man im Stehen ohnehin nicht ordentlich lesen kann, aber (Vorteil des Kleinformats) am besten noch allemal, über den Rand der KRONENZEITUNG anvisiert, ist der Tschusch ein Feind. Nicht einer, mit dem man sich solidarisch fühlt, weil man ja eigentlich im selben Boot sitzt (na so weit kommts noch!). Sondern einer, auf den man schon lang einen Schleim hat, Schleim, der jetzt endlich rausdarf, das ist befreiend: uns unseren Sitzplatz wegnehmen und dabei wahrscheinlich noch schwarz fahren, darauf möchte man fast wetten.

Also steh auf, Tschusch, heb deinen Hintern und schleich dich! Und? Was geschieht? Der so unfreundlich Angesprochene greift in die Brusttasche und zieht. Nämlich die Wochenkarte. Bitteschön, sagt er, alles ordnungsgemäß gepickt. Das wäre ein schönes Ende dieser Geschichte.

Aber hat es damit sein Bewenden? Tatsächlich? Zieht man sich, bei allen Vorurteilen, die man natürlich nicht von einem auf den anderen Moment abbauen kann, wenigstens für diesen Fall eines besseren belehrt, zurück? Nein, kann man ja gar nicht. Das Boot, respektive die Straßenbahn, ist voll. Wir sind im Gasthaus ZUM WERKELMANN gesessen, als Martin diese Geschichte erzählt hat, irgendwie hat er den Faden verloren und etwas anderes weiter erzählt, ich weiß nicht, wie sie ausgeht.

Wie sie ausgehen könnte? Frag lieber nicht. Ausländer raus, könnte einer sagen, mit der für den Wiener, aber besonders den Favoritner Dialekt typischen Monophthongierung der Diphthonge. Einfluß des Slawischen. Dieser Bezirk ist gut zu 50% von den Nachkommen tschechischer Zuwanderer bevölkert. Aber wenn ich das in der überfüllten Straßenbahn gesagt hätte, aus der der *Tschusch* bei der nächsten Station womöglich geflogen ist, dann hätte es leicht passieren können, daß ich ihm gleich nachgeflogen wäre, und selbst das wäre, bedenkt man die sich nicht nur hier zuspitzenden Verhältnisse, beinahe ein happy end.

Aber ich wollte vom Baronkarl erzählen.
Vom *Baron* Karl?

Nein, diese Aussprache ist falsch. Man sagt Baronkarl.

Am Beginn der 80er-Jahre des vorigen Jahrhunderts im damaligen Königreich Böhmen, Kreis Strakonitz, hielt der Fassadenmaurer Ferdinand Baron, wohnhaft in Slanik Nr. 5, Sohn des Karl Baron und der Anna, geborene Welan, beide aus Replitz, um die Hand der Josepha Šrámek, Tochter der Kleinhäuslers Mathias Šrámek aus Muternitz und der Marie, geborene Kroupa, aus Předne Ptákovice, an und ehelichte sie am 21. Februar 1881. Am 24. Jänner 1882 wurde dem jungen

Ehepaar ein Stammhalter geboren und nach dem Großvater Karl genannt.

Wo hast du denn *das* her, fragt S.

Aus den FAVORITNER MUSEUMSBLÄTTERN.

Die gibts?

Ja, sage ich, da staunst du, was es alles gibt.

Wir sitzen im Beserlpark neben dem Amalienbad.

Hier sind die Bänke nur türkisch und serbokroatisch beschmiert; ein einziges deutschsprachiges Mädchen spielt mit den fremdsprachigen Kindern.

Also vom *Báron* Karl.

Nein, bleib bei *Barón*.

Kann schon sein, daß der tschechische Name auf der ersten Silbe betont wird, aber zum Baronkarl geworden ist unser Protagonist ja hier, im 10. Wiener Bezirk.

Klar hat der Name Baron zu gewissen Mißverständnissen geführt.

Eine ganze Menge Herkunftsgeschichten waren im Umlauf. Zum Beispiel diese:

Vom Baronkarl (1. Theorie)

Der Baronkarl war ein versandelter Adeliger
Seine Familie war vom Grund und steinreich
Versandelt ist übrigens nicht das richtige Wort
Es hat ihm halt nichts mehr gegeben, als feiner
Pinkel zu leben

Denn auf ein weißes Hemd und eine Krawatte
ist er nicht angestanden, sagen die Leut
Und auf ein Konto und eine große Erbschaft
hat er verzichten können, wird erzählt

Da hat er schon lieber biergetippelt mit der
Menagerein
und hat mit Schürzen geflickte Hosen getragen
Und in den Mistkisten hat er übernachtet
bis ihn der Mistkutscher aufgeweckt hat in der Früh

Wo die Rolltreppe von der U-Bahn herauf kommt, steht ein Geiger und spielt sehr falsch.

Natürlich ein Ausländer. Unsere würden nicht so falsch spielen.

Den Donauwalzer so zu verhunzen! Der Johann Strauß dreht sich im Grab um.

Entschuldigung gnä' Frau. Das ist nicht der Donauwalzer von Johann Strauß, sondern der Donau*wellen*walzer von I.Ivanovici.

Viele Musikinstrumente hat der Baronkarl gespielt und damit die Leute erfreut, die sich daran haben erfreuen wollen. Und die Kinder vor allem sind dem Baronkarl nachgerannt, wie angeblich früher dem lieben Augustin, nur daß der nie gelebt hat. Doch er, der Baronkarl, war zweifellos da und aus Fleisch und Blut. Und manchmal ist er im Park gesessen und hat gegeigt. Ab und zu hat er dabei den Hut abgenommen. Ja und sicher hat er den Hut manchmal vor seine Füße hin gelegt. Aber nachdem er zwei oder drei Stücke gespielt hat, hat er den Hut in die Luft geschmissen. Und hat die Groschen den Kindern gelassen – er selbst hat das Geld nie angerührt.

(Nach einer Tonbandaufnahme:) Als ich noch ein Schulbub war, hab ich den Baronkarl oft auf dem Schulweg getroffen. Denn vor der Bierhalle in der Buchengasse hat er jeden Morgen die Fässer gekippt. Am Anfang war er mir, ehrlich gesagt, ein bißchen unheimlich mit seinem riesigen Schlapphut, seinem schmierigen Mantel und seinem struppigen Bart. Nach und nach aber hab ich begriffen, daß er trotz seines abenteuerlichen, heruntergekommenen Aussehens harmlos, ja gutartig war.

Die anderen Kinder sind johlend hinter ihm her, also hab ich mich ihnen angeschlossen. Karl spiel auf! haben wir gerufen, und eine Weile hat der Baronkarl so getan, als hörte er nichts. Dann hat er sich aber plötzlich auf der Ferse umgedreht, einen Kamm oder eine Mundharmonika aus seiner Manteltasche gezogen und wie ein Faun musiziert. Oder getanzt und dazu auf dem Reindel getrommelt.

Ebenso plötzlich, wie er zu musizieren begonnen hat, hat er aber auch damit aufgehört. Dann hat er sich hingesetzt, wo er gerade gestanden ist, hat die Beine gekreuzt und das Kinn in die Hände gestützt. Jetzt laßts mich in Ruh, hat er leise gesagt, ich muß denken. Ja und wenn der Baronkarl am Denken war, hat ihn nicht so schnell etwas davon abbringen können, also haben wir uns nach und nach verzogen.

Die Bierkutscher sollen den Baronkarl akzeptiert, ja geschätzt haben. Andere Biertippler sind oft mit der Peitsche vertrieben worden, aber den Baronkarl haben die Bierkutscher sogar gegrüßt. Servus Karl, bist auch wieder unterwegs? Er war der einzige, heißt es , dem sie erlaubt haben, den Spund aus den aufgeladenen Fässern zu ziehen. Der Karl hat eine fixe Route gehabt. Von Wirtshaus zu Wirtshaus. Nein, den Bierwägen nach. Oder voraus? Manche sagen, er hat Favoriten nie verlassen. Er ist allerdings auch in der Gegend des Naschmarkts gesehen worden.

Sogar die Polizisten haben zu ihm gehalten. Der Baronkarl war unter Denkmalschutz. Trotzdem soll ihn einmal ein junger, übereifriger Wachmann verhaftet haben. Obwohl das ein Aufsehen war. Der Mensch muß neu im Rayon gewesen sein.

(Nach einer Tonbandaufnahme:) Also der schnappt ihn. Packt den Baronkarl wirklich am Kragen und bringt ihn in die Wachstube. Dort haben sie ihn aber mit Gelächter empfangen. Da hast du aber einen schönen Fang gemacht! Das ist doch der Baronkarl!

Blöd geschaut wird der haben, der dumme Bub. Das ist doch der Baronkarl, hörst, den kannst du doch net so behandeln! Und der Baronkarl: Sehns, was hab ich Ihnen gesagt. Aber irren ist menschlich, habe die Ehre.

Hie und da hat es der Baronkarl allerdings direkt darauf angelegt. Worauf? Arretiert zu werden. Und zwar im Winter. Im Winter hat er nicht in den Mistkisten übernachtet, sondern wahrscheinlich in irgendwelchen Kellern. Aber in sehr kalten Wintern war ihm auch dort zu kalt. Dann hat ihn ja meistens jemand eingeladen. Nur manchmal hat er leider kein Glück gehabt. Und wenn die Wirtshäuser alle schon zugesperrt waren … Also mit einem Wort, da hat er sich etwas einfallen lassen müssen und das hat er auch getan.

Was? Nun, er ist direkt vor eine Wachstube gegangen. Und hat, obwohl es saukalt war, auf der Geige zu spielen begonnen. Wenn sie verstimmt war, umso besser, wenn ihm vor Kälte die Saiten gerissen sind, macht nichts. Was er im Sinn gehabt hat, war ja kein Ständchen, sondern eine richtige, das heißt möglichst falsche, Katzenmusik.

Und was ist passiert? Zuerst ist gar nichts passiert. Die Polizisten haben das Spiel schon gekannt. Dann aber ist ein Fenster in der gequälten Umgebung aufgegangen und dann ein zweites. Und bald hat es aus sämtlichen Fenstern geschimpft, und die Polizei hat was unternehmen müssen.

Was ist denn, Baronkarl? haben sie also gefragt. Ist dir zu kalt, dann komm halt zu uns herein! Aber der Karl war ein stolzer Mann. Und daß ihm zu kalt war, hätt er nie zugegeben. Mir soll kalt sein? hat er also gesagt. Ich hab schon mit Eisbären geschmust, da warts ihr noch im Wickelpolster! Solche Antworten ärgern die Polizei. Sie haben das Wachstubenfenster zugeschlagen. Aber der Karl hat weiter und weiter gegeigt. Gotts- und kotzerbärmlich ist überliefert. Und aus den Fenstern hat es wütend geflucht. Und nach und nach war das ganze Grätzel rebellisch. Dann ist halt ein Polizist in den Mantel geschlüpft. Und ist hinaus in den Schnee, um den Karl zu holen. Im Namen des Gesetzes, hat er gesagt, Sie sind verhaftet. Und der Karl hat wegen nächtlicher Ruhestörung wieder einmal eine Nacht am warmen Ofen verbracht.

Einer der viel zu erzählen weiß, und zwar nicht nur über den Baronkarl, ist der ehemalige Huf- & Wagenschmied Otto D. Der Baronkarl, erzählt er, hat mir und meinem Alten oft bei der Arbeit zugeschaut, wenn wir bei den Rössern gekniet sind. Da hat er gewartet, bis die Schnapsnase aufmacht, das war die Wirtin am Eck, die war immer seine erste Station. Eigentlich war das die WERNER-WIRTIN, aber wir haben sie Schnapsnase genannt oder Wogurka, weil die hat eine Nase gehabt, da sagst du, das gibts net.

Der Baronkarl habe damals eine Mistkiste ganz in der Nähe der Schmiedewerkstatt geschätzt. Diese Werkstatt war auf dem Bürgerplatz. Wir sitzen noch immer im Park, S. und ich, der Geiger kratzt MACHEN WIRS DEN SCHWALBEN NACH, das deutschsprechende Mädchen lehrt die Türkenkinder das Spiel VATER WIE WEIT DARF ICH REISEN. Offenbar existiert etwas Ähnliches auf türkisch, auf beiden Seiten gibt es ein Lächeln des Einverständnisses, ich zeige S. meine alten Fotos vom Baronkarl.

Wie geht die Geschichte, die dieser Schmied erzählt? Dieser *ehemalige* Schmied, sage ich, heute gibts hier keine Schmiede mehr. Wo gibt es die sonst noch? In der Türkei? Ja vielleicht gibt es in der Türkei noch welche. Aber bis 1949, das ist ein Jahr, nachdem der Baronkarl gestorben war, hat Otto D., ich hab ihn gestern besucht, hier in der Werkstatt seines Großvaters gearbeitet.

Also der Baronkarl habe den Deckel der Mistkiste zugeschlagen und sei über den Bürgerplatz gekommen. Gott schütze das ehrbare Handwerk! habe er beim Betreten der Werkstatt immer gesagt, seine Ausdrucksweise sei ebenso gewählt wie, eben dadurch, leicht ironisch gewesen. Die Schmied', die Schmied', habe er D. und seinen Großvater manchmal geneckt, das sind ja ganz Hinterfotzige. Wieso, habe der Großvater gefragt, obwohl er schon gewußt habe, was käme. Na hörnS, die stammen ja alle von die Zwerg' ab!

Wirklich, hat der Baronkarl gesagt, und die Geschichte vom Schmied Mime und seiner nibelungischen Verwandtschaft erzählt. Ja, in der Mythologie hat sich der Baronkarl ausgesprochen gut ausgekannt. Nicht nur in der germanischen. Auch mit dem griechischen

Gott Hephaistos ist er uns dahergekommen. Aber das mit den Zwergen war besonders komisch, denn mein Alter, erzählt D., der auch nicht gerade klein ist, war beinahe zwei Meter groß.

Ja, der Baronkarl war ein gebildeter Mann. Woher er das gehabt hat? D. lacht. Vielleicht hat er in seinen Mistkisten gelesen. Auch ein mathematisches Gehirn soll er gehabt haben, keineswegs nur ein musisches. Angeblich hat er die kompliziertesten Multiplikationen und Divisionen im Kopf ausgerechnet.

Vom Baronkarl (2. Theorie)

Der Baronkarl war ein verkrachter Lehrer
Der Name Baron war nur sein Familienname
Dem Stadtschulrat ist er nicht unter die Nase
gegangen
Vielleicht hat ihn auch das Lehrersein nicht mehr
gefreut

Denn auf ein weißes Hemd und eine Krawatte
ist er nicht angestanden, sagen die Leut
Und auf das sichere Einkommen und die Pension
hat er verzichten können, wird erzählt

Da hat er schon lieber die Marktbeiseln abge-
klappert
und hat den Marktleuten Lotterietips veschachert
Reich geworden ist er bestimmt nicht dabei
Aber das hat ihn auch überhaupt nicht interessiert

Manche bringen den Baronkarl auch mit den sogenannten Ziegelböhmen in Verbindung. Diese Theorie hat etwas für sich, denn tatsächlich soll sein Vater, dieser zu Strakonitz aufgrund seiner Eheschließung aktenkundige Ferdinand Baron, in Inzersdorf bei Wien geboren sein. In den FAVORITNER MUSEUMSBLÄTTERN gibt es sogar einen Stammbaum, der das illustriert. Aber über die damaligen Arbeitsbedingungen in den Inzersdorfer oder Wienerberger Ziegelwerken hört man so schlimme Berichte, daß es kein Wunder ist, wenn dieser Baron-Ferdl nicht in die Fußstapfen seines Vaters, des Ziegelböhmen, treten wollte, sondern, sobald es ihm möglich war, schaute, daß er in die Tschechei zurückkam.

Ganze Familien sollen in Lehmhöhlen gewohnt oder im Ringofen übernachtet haben. Ihren Lohn hat man den Arbeitern nicht in Bargeld, sondern in Bons bezahlt, die sie nur in ziegelwerkseigenen Geschäften einlösen konnten. „Die Sklaven vom Wienerberg" hat sie Viktor Adler genannt, der sich dort hineinschmuggelte, um darüber schreiben zu können. Daß und wie der aktive Ferdinand Baron dort überhaupt herauskam, wäre eine eigene Geschichte.

Geschichte und Geschichten: Ja, sage ich, es geht auch ums Aufheben. Nicht nur ums vom Boden Aufklauben, sondern auch ums Aufbewahren, ums Weitergeben. Nein, dazu will ich mir nicht zu gut vorkommen. Auch und gerade schlichte Fundgegenstände sind wichtig.

WÜRSTELSTAND
GOLD FASSL
Baron TRANSPORTE
VOLVO
W 738 GT

Samstag
Wie Maria Schells Mutter sich für ihre vier Kinder aufopferte
Die Fiaker von Wien – eine Institution!
Ostpreußen bald wieder deutsch
Deutsche Wochen-Zeitung
Genscher – Staatsmann oder Vers
National★Zeitun
Vor neuer Ausländer-Welle?
arena
GEWINN
Eskim

JETZT
BEI
UNS
JETZT
BEI
UNS
In Qualität woh

TLAPA
PHOTO
ZAPPE
REVUE
EIS GAVAZ
EIS
SAFTIG WÜRZIG RESCH
Austro
ODER
Balkan
BURGER

WU SCHTBARON
Pago
KAISER BIER
ANGEBOT
Hot Dog
Currywurst
REINHARD MANDL PRÄSENTIERT:
KALIFORNIEN
REINHARD MANDL PRÄSENTIERT:
KALIFORNIEN

Aber wie. Wie die Familie Baron aber wieder nach Wien kam. Aber warum. Warum der Fassadenmaurer Ferdinand Baron es zum zweiten Mal in der Haupt- & Residenzstadt versuchte. Es gab einfach Arbeit. Der Bauboom der Gründerzeit. Ohne gewisse soziale und historische Voraussetzungen wäre Favoriten glatt um den Baronkarl gekommen. Adressen: Puchsbaumplatz 5/1, Laaer Straße 3/2, später Quellenplatz 10/3. Hausmeisterposten in der Landgutgasse 5-7 und in der Raaberbahngasse 9. Hier bleibt die Familie, lese ich, viele Jahre. Anna half der Mutter im Haushalt, Rosa schneiderte, und Karl, dessen einschlägige Begabung noch heute durch einen von ihm selbst verfertigten Küchenschemel nachweisbar ist, der Baronkarl lernte das Handwerk eines Möbeltischlers.

Aber jetzt. Es soll am 5. Mai 1905 gewesen sein. Da habe sich ein Ereignis zugetragen, das habe sein Leben total verändert. Wie sich der Baronkarl nach einem zu Boden gefallenen Nagel gebückt und ihn ein Arbeitskollege versehentlich schwer auf den Kopf gehämmert habe. Und wie der Karl auf der Stelle umgefallen und – ohne vorerst das Bewußtsein wiedererlangt zu haben – nach Hause getragen worden sei.

(Nach einer Tonbandaufnahme:) Vierzehn Tage hat er eine riesige Beule mit sich herumgeschleppt. In seinem Hirnkasten hat es gesummt und gebrummt. Rastlos ist er hin und her gegangen und hat seiner Mutter und seinen Schwestern meist unverständliche Sachen vor sich hingemurmelt. Auf einmal laut auflachend ist er stehengeblieben und hat verkündet: Mit dem Arbeiten ist jetzt Schluß!

Sein Vater hat ihn natürlich sofort in die Nervenheilanstalt Steinhof geschickt, doch von dort haben sie den Karl nach ein paar Monaten als unheilbar, aber harmlos entlassen. Der Schlag auf den Kopf, haben die Herrn Ärzte festgestellt, hat ganz offensichtlich den Verstand des Patienten zerrüttet. Es gibt allerdings welche, die behaupten, der Karl hat den Unfall bloß dazu ausgenützt, um als Narr nach Steinhof zu kommen. Weil nur als Narr – soll er später einmal gesagt haben – kann man in einer Welt wie der unsern halbwegs vernünftig leben.

Jedenfalls hat den Baronkarl seit damals jede geregelte Beschäftigung an seinen Unfall erinnert. Wenn ich die Leut von früh bis spät hackeln seh und draußen rennt die Sonn davon, soll er gesagt haben, denk ich immer an den Hammer auf dem Kopf. Und für einen barabern, der mehr davon hat, obwohl er weniger macht, dazu muß man ja wirklich beklopft sein. Mich habens vielleicht ein bissel zu fest erwischt, weil statt mich zu betäuben, habens mich rechtzeitig aufgweckt.

Und dann ist der Baronkarl also zum Biertippler geworden?

Nein, noch nicht.

Als Biertippler nachweisbar ist er erst nach dem 1. Weltkrieg.

Biertippler (Definition): *Ein Mensch, der von Bierhansel lebt.*

Bierhansel (Definition): *Der Rest vom Bier in den vor oder hinter den Wirtshäusern abgestellten Fässern.*

Was hat er getan nach seinem Erweckungserlebnis?

Erzählt wird, er habe sich der Musik widmen wollen.

Violine und Ziehharmonika habe er schon als Kind spielen gelernt, das Flügelhorn blasen habe er sich selbst beigebracht. Nun soll er sich auf der Trompete und auf dem Cello versucht haben.

Das alles immer noch in der Wohnung seiner Eltern.

Sein Vater sei zwar ein musikalischer Mensch gewesen, aber auch ein realistischer.

Was sein Sohn tun wolle? – Zum Beispiel Chinesisch lernen.

Manchmal seien ganz schön die Fetzen geflogen.

Nach Aussage seiner Schwester Rosa begann der Baronkarl sein Vagabundenleben vorerst tageweise.

Die Vorstellung, daß er, den Kopf voll Musik und Chinesisch, durch die Felder und Wiesen auf der Höhe des heutigen Laaerbergbades streifte.

Wie er versucht, zwischen Korn- und Mohnblumen zu schlafen, wie ihm aber nach Mitternacht doch zu kalt wird.

Ich such nämlich nach was, soll er seiner Schwester gesagt haben, aber ich hab noch nicht das Richtige.

Das dauerte lang.
Der Baronkarl war kein Schneller.

Schlag auf den Kopf: 1905. Erster Weltkrieg: 1914-18. Über seine Jahre dazwischen wissen wir gar nichts.

Zwar erzählt man sich eine Liebesgeschichte.

Aber das ist meistens die Geschichte vom Baron, den eine Frau total zugrunde gerichtet hat, materiell und seelisch.

Daß er sie, der Karl, so wie er war, bei den Dreharbeiten zu einem Bibelfilm kennengelernt haben soll, den sie oben auf dem Monte Laa gedreht haben, ist schon etwas wahrscheinlicher.

Er ein Statist, sie eine Statistin, bei diesem Spektakel konnte man sich ein bißchen Geld verdienen.

Der Durchmarsch der Juden durchs Rote Meer, gedreht am Ziegelteich.

Aber war das noch vor oder bereits nach dem Krieg, darüber scheiden sich die Geister.

Eine beliebte Version: Der Baronkarl war im Weltkrieg Offizier.

Unverhofft auf Heimaturlaub gekommen, habe er seine Wohnungstür aufgesperrt.

Seine junge, schöne Frau sei mit einem anderen im Bett gelegen.

Da habe er die Wohnungstür hinter sich zugemacht und seither keine Wohnung mehr betreten.

Tatsächlich war der Baronkarl im 1. Weltkrieg Landsturmrekrut.

Aber nur kurz. Kaum war er an der russischen Front, erkrankte er an Typhus und Blattern.

Erst wurde er als tauglich, dann als untauglich zum Landsturmdienst mit der Waffe klassifiziert.

Ein Leiden, das *jedoch nicht durch aktive Dienstleistungen herbeigeführt* worden war, machte einer sogenannten Supplimierungskommission anscheinend Kopfzerbrechen.

Immerhin vermerkte sie, daß der Baronkarl *bürgerlich erwerbsfähig* sei.

Ins Zivilleben scheinen sie ihn trotzdem nicht entlassen zu haben.

Zwar hielten sie ihn inzwischen für *zu jedem Landsturmdienste ungeeignet.*

Aber am 2. 8. 1918 wird er als desertiert aus der Station Wien registriert, da hat er offenbar endgültig von ihnen genug gehabt.

Diejenigen, die den Baronkarl als Offizier haben wollen, wissen eine – zugegeben – viel schönere Geschichte. Der Baronkarl hat sogar Orden bekommen. An der Ostfront habe er Kopf & Kragen für Kaiser & Vaterland riskiert. Aber wie er und seine überlebenden Kameraden aus dem Krieg zurückgekommen sind, ist das alles auf einmal nicht mehr wahr gewesen.

Die einen haben zwar noch ihr GOTT ERHALTE GOTT BESCHÜTZE gesungen, aber die anderen haben gerufen:

Wir brauchen keinen Kaiser, es lebe die freie Republik! Das war in der Innenstadt, vor dem Parlament haben sie die rote Fahne gehißt. Der Baronkarl aber wandert hinaus in die Vorstadt. Tritt vor seine Mistkiste und beginnt bedächtig, fast genießerisch, abzulegen.

Manche sagen allerdings, er ist schon früher zurückgekommen, weil er das, wofür die anderen gekämpft haben, von sich aus und für sich nicht mehr für wahr gehalten hat. Es nicht mehr für wert gehalten hat, dafür Leib & Seele zu riskieren, und zwar zur rechten Zeit. Und wer weiß, ob er später noch zurückgekommen wäre. Denn viele, die mit ihm im Feld waren, sind dortgeblieben, und das nennt man dann: geblieben auf dem Feld der Ehre.

Auf diese Ehre hat der Baronkarl verzichten können. Er hat sich durchgeschlagen und ist zu sich nach Hause gekommen, nicht als Heimkehrer, sondern als Deserteur. Und ist somit nicht aus irgendeiner Laune in die Mistkiste gezogen, sondern um unterzutauchen. Um unterzutauchen und später wieder (und zwar lebendig) aufzutauchen, dazu ist einem auch oder gerade eine städtische Mistkiste recht.

Durch die Laaerbergstraße hinaus, hinaus. Wieso hinaus, fragt S., früher, sage ich, hat das verbaute Gebiet hier aufgehört. Links war ein einsames Wirtshaus, ZUR STEFFITANT, wenn ich mich recht erinnere. Und rechts ist der Fußballplatz (FavAC) noch ein von den gegnerischen Mannschaften gefürchteter Acker gewesen. Aber danach, danach war eigentlich nichts mehr. Nur Lagerplätze und Gstätten – das war Pauls Gegend. Auch die des Baronkarl übrigens, der soll sich hier in der Böschung eine Höhle eingerichtet haben. Das war in den späten 20er-Jahren. Paul kam erst ungefähr dreißig Jahre später.

Wenn ich an mich als Kind und Jugendlichen zurückdenke, nenne ich mich manchmal Paul. Der sieht mir ähnlich und ist aber doch ein anderer. In seiner Höhle soll der Baronkarl ein Bettgestell, einen Tisch und sogar einen Ofen gehabt haben. Wenn Rauch aus dem ins Freie geleiteten Ofenrohr gekommen ist, hat man gesehen, daß der Baronkarl daheim war.

Zu Pauls Zeiten war er natürlich schon viel grundsätzlicher daheim. 1948 ist er gestorben, da war Paul gerade fünf. Den vierzehnjährigen Paul sehe ich mit wehendem Haar und aufgestelltem Lederjackenkragen. Als er hier herumstreunte, gab es nur noch eine vage Erinnerung an die Baronkarlhöhle.

Paul wollte hinaus aus der gemäßigten Zone. Das hier erschien ihm anders, ein bißchen verwegen. Spannend, ein Loch im Lattenzaun zu finden und auf die Lagerplätze hinein zu spähen. Kabelrollen. Aus irgendeinem Grund haben diesem Paul damals ganz besonders die abgewickelten Kabelrollen imponiert. Ah ja, es gab da auch noch ein paar Wellblechbaracken mit davor im Wind flatternder Wäsche. Und eine verfallene Knopfmanufaktur, um die herum sich immer noch Perlmutterknöpfe fanden. Rostrot linker Hand aufragend die Ankerbrotfabrik. Während sie rechts, auf dem heutigen Eisenstadtplatz, bereits die ersten Hochhäuser hinklotzten, aber selbst die hatten, zumindest solang sie nicht fertig waren und besonders bei Nebel, etwas für Paul erregend Exotisches.

Gleise querten die Laaerbergstraße schräg. Kamen die von der Verbindungsbahn oder aus dem Ankerbrot-Betriebsgelände? Ich weiß nicht mehr, sage ich zu S., etwas abseits der Straße waren sie jedenfalls überwachsen. Brennesseln brannten. Kletten hafteten an den Hosenbeinen.

Gstätten: Wie läßt sich dieses Wort oder genauer, wie läßt sich seine Atmosphäre erklären? Gstätten simpel mit Wiese zu übersetzten, wäre läppisch. Natürlich hat eine Gstätten was mit einer Wiese zu tun. Aber eine Wiese ist sowohl schöner als auch langweiliger.

Eine Gstätten hat, obwohl sie viel kleiner ist, etwas von einer Savanne oder einer Prärie. Jedenfalls ideell: mit ihrem der Zivilisation, die sie dann und wann, da und dort, wieder überwuchern darf, ordinär spottenden Wildwuchs von entflohenen Getreiden, ausgebrochenen Gartenblumen und selbstbewußten Unkräutern. Andererseits hat sie, aufgrund der Funde, die man auf einer ordentlich unordentlichen Gstätten auf Schritt und Tritt machen kann, etwas von einem surrealistischen Freilichtmuseum. Freiraum für aus ihrem faden Funktionszusammenhang geratene Gebrauchsgegenstände, die eben nicht mehr gebraucht, sondern einfach stehen und liegen gelassen werden, damit Gras über sie wachse.

Für so etwas hat die Gemeinde natürlich nichts übrig. Eine Gemeinde, würde Paul sagen, die, wo sie nicht verbaut, Stadtwanderwege und Fitneßparcours anlegt, allenfalls Lagerwiesen und Erholungsgebiete widmet, als ob sie die zu widmen hätte. Ja, ich weiß, sonst würden hier nur die privaten Spekulanten wüten, aber Paul ist, was das anbetrifft, Anarchist oder – was fast dasselbe ist – ein Freiheitsfanatiker. Sire, würde er zum Bürgermeister sagen, geben Sie Gstättenfreiheit.

In seiner Höhle soll der Baronkarl gezeichnet und gemalt haben. Er habe sich ein paar Erdäpfel gekocht, die ihm jemand geschenkt habe, und danach, in aller Beschaulichkeit, eine oder zwei Zigaretten geraucht. Die habe er aus dem Tabak arretierter Tschicks und aus Zigarettenpapier hergestellt. Hier habe er seinen Frieden gehabt und sich von keinem Menschen der Welt stören lassen.

Auch nicht von Frauen. Von der holden Weiblichkeit habe der Baronkarl genug gehabt. Ob es das Flitscherl war, mit dem er in seiner Erscheinungsform als Offizier so schlechte Erfahrungen gemacht hat, oder die Statistin aus dem Bibelfilm, egal. Auch ein nicht näher beschriebenes, etwas älteres Mädchen, das den Baronkarl um seine Ersparnisse gebracht und dann einen anderen geheiratet haben soll, muß manchmal dazu herhalten, um seine Abwendung von den Damen zu motivieren. Je mehr sie ihn als einen in ihre Zeit und ihren Bezirk verirrten Philosophen oder als komischen Heiligen darstellen, umso größeren Wert legen die Informanten darauf, ihn vom weiblichen Geschlecht, das einen Mann im allgemeinen davon abhält, weise oder heilig zu werden, zu distanzieren.

Hat der Baronkarl also ein eremitisches Leben geführt? Recht wahrscheinlich, sei es aus Not oder Tugend. Aber hat er wirklich eine ebenso schöne wie untreue Frau gebraucht, um so weit zu kommen? Manche neigen dazu, seine Befreiung aus gewissen weiblich-häuslichen Verstrickungen etwas weniger romantisch darzustellen:

Vom Baronkarl (3. Theorie)

Der Baronkarl ist seiner Alten davon
Die soll zwar schwerreich, aber eine rechte Bißgurn
gewesen sein
Davon hat er eines Tages genug gehabt
Und hat seinen Haustorschlüssel in den Kanal
geschmissen

Denn auf ein weißes Hemd und eine Krawatte
ist er nicht angestanden, sagen die Leut
Und auf die fixe Frau im Bett und auf Kinder
hat er verzichten können, wird erzählt

Von da an hat die Frau Baron ihre Suppe allein
gegessen
Ihr Karl jedoch hat die Marktleute angeschnorrt
Da hat ihn so mancher auf einen Einspänner
eingeladen
Gestohlen hat er, auch wenn er hungrig war, nie

Vom Ankerbrotfabrikmaler

In der Arbeitslosenzeit soll es auf dem Laaerberg einen Kunstmaler gegeben haben. Der hat, erzählt mir der, der mir von ihm erzählt, immer nur die Ankerbrotfabrik gemalt. Die Ankerbrotfabrik von der Absberggasse, die Ankerbrotfabrik von der Urselbrunnengasse. Die Ankerbrotfabrik aus den Schrebergärten, die Ankerbrotfabrik von den Lagerplätzen.

Und dabei ist die Ankerbrotfabrik, erzählt mir der, der mir vom Laaerbergmaler erzählt, vom Ankerbrotfabrikmaler, dabei ist die Ankerbrotfabrik schiach wie die Arbeit darin. Wie eine Raubritterburg steht sie da, wie ein Spukschloß aus längst vergessenen Zeiten. Und sie sei ja auch eine Art Spuk, die Ankerbrotfabrik, wie sie so dastehe. Ein Überbleibsel aus Zeiten, in denen die Raubritterburgen noch nicht so gut getarnt gewesen wären wie heute.

Hätt er was Schönes gemalt, eine Landschaft zum Beispiel, der Ankerbrotfabrikmaler, er hätte sich groß was verdienen können. Selbst oder gerade damals, in der Arbeitslosenzeit. Denn die Armen waren zwar damals noch ärmer, aber die Reichen womöglich noch reicher als sonst. Und einer von denen hätt ihm schon so ein Ölbild abgekauft um einen Batzen Geld. Aber der Ankerbrotfabrikmaler habe immer nur die Ankerbrotfabrik gemalt. Manchmal sind ein paar Leute stehengeblieben und haben ihm beim Malen zugeschaut. Warum, haben sie ihn dann meist gefragt, malenS denn immer nur die Ankerbrotfabrik? Aber der Ankerbrotfabrikmaler war kein gesprächiger Mann.

Nur ein oder zwei Mal hat er, statt eine Antwort zu geben, die Geschichte vom Fudschijamamaler erzählt. Der Fudschijamamaler hat sein Lebtag nur den Fudschijama gemalt. Reiche Leut sind zu ihm gekommen und haben ihm einen Fudschijama abkaufen wollen. Zu Diensten, hat er gesagt und zum Pinsel gegriffen. Und dann, hast du nicht gesehen, hat er den Fudschijama hingezaubert auf die Leinwand. Mit einem einzigen Strich und innerhalb einer einzigen Minute. Die reichen Leut haben groß geschaut und gefragt, was das kostet. Der Fudschijamamaler hat seinen Preis genannt – – – Aber Herr Fudschijamamaler! haben die reichen Leut gesagt. Für eine einzige Minute Fudschijamamalen diesen Preis? Da hat der Fudschijamamaler eine Tür geöffnet. Und hinter der Tür waren zahllose Fudschijamas. – So viele Fudschijamas habe ich malen *müssen*, um diesen einen Fudschijama malen zu *können*. Hat der Fudschijamamaler gesagt, und das haben die reichen Leut schließlich eingesehen. Und haben nach ihren dicken Brieftaschen gefaßt und dem Fudschijamamaler seinen Fudschijama abgekauft. Und der hat weiterhin Fudschijamas gemalt und malt sie, wenn er nicht gestorben ist, noch heute.

Genauso, soll der Ankerbrotfabrikmaler behauptet haben, ist es mit den Ankerbrotfabriken, die ich male. Aber es war keineswegs so, denn kein Mensch hat ihm eine Ankerbrotfabrik abgekauft. Vielleicht, philosophiert der, der mir vom Ankerbrotfabrikmaler erzählt, vielleicht liegt das an dem Unterschied zwischen der Ankerbrotfabrik und dem Fudschijama. Der Fudschijama ist eine Landschaft, aber die Ankerbrotfabrik ist nur ein Haufen Graffelwerk.

Warum der Ankerbrotfabrikmaler immer nur die Ankerbrotfabrik gemalt hat, weiß keiner. Manche sagen, er hätte vielleicht einmal in der Ankerbrotfabrik gearbeitet, andere meinen, er habe wahrscheinlich in der Ankerbrotfabrik arbeiten *wollen.* Damals ist, wie gesagt, die Arbeitslosenzeit gewesen. Und in der Arbeitslosenzeit war vieles möglich. Jedenfalls ist er eines Tages verschwunden gewesen. Weshalb und wohin weiß niemand, vielleicht ist er gestorben. Oder es hat ihn einfach nicht mehr gefreut, die Ankerbrotfabrik zu malen. Oder er hat endlich eingesehen, wie sinnlos es war. Es geht allerdings das Gerücht, man hätte ihm das Malen ausgetrieben. Nicht das Malen an sich, aber das Malen der Ankerbrotfabrik. Den Leuten in der Ankerbrotfabrik nämlich wäre das Ankerbrotfabrikmalen allmählich unheimlich geworden. Den Machern und Anschaffern sowieso, aber auch denen, die machen, was angeschafft *wird.* Letztere hatten den Ankerbrotfabrikmaler aber höchstens verhaut. Und das haben sie, dem Vernehmen nach, auch einige Male getan. Die andern aber, die Macher und Anschaffer, hätten andere Möglichkeiten gehabt. Und die hätten sie letzten Endes auch verwirklicht.

Seither hat, erzählt mir der, der mir diese Geschichte erzählt, seither hat niemand mehr die Ankerbrotfabrik gemalt. Weder die Ankerbrotfabrik von der Urselbrunnengasse noch die Ankerbrotfabrik von der Absberggasse, weder die Ankerbrotfabrik von den Lagerplätzen noch die Ankerbrotfabrik aus den Schrebergärten. Und sicherlich meint er, wird sie keiner mehr malen. Sie ist ja auch, sagt er, schiach wie die Arbeit darin.

Die Gegend rund um den Laaerberg heißt DIE KRETA. Noch in den späten 50er-Jahren wurde einem dringend abgeraten, dorthin zu gehen, wenn man nicht mußte, schon gar nach Einbruch der Dämmerung. Paul ging trotzdem hin, seine Neugier und seine Faszination durch alles Zwielichtige waren größer als seine Angst. Er vergrub die Hände in die Hosentaschen und versuchte, präventiv gefährlich dreinzusehen.

Die Bewohner der Kreta, sagt Otto D., waren halt nicht grad friedliche Leute. Wenn sie gerauft haben, sagt Martins Mutter, sind die Messer locker gesessen. Da war schon, sagt sie, ein rechtes Gesindel beieinander. Aber wenn es darauf angekommen ist, also zum Beispiel nach dem 34er-Jahr und in der Systemzeit, haben sie zusammengehalten.

Der Baronkarl habe hier Freunde gehabt. Bestimmt, sagen Martins Eltern, die werden ihn in der Nazizeit versteckt haben. Kreta ist eine Insel. Die Favoritner Kreta war eine Sprach- und Sozialinsel. Wenn ich meine Großmutter besuchen gegangen bin, die dort hinten in einer Baracke gewohnt hat, erzählt Martins Mutter, hab ich im ganzen Grätzel kein Wort Deutsch gehört.

Sondern? Tschechisch natürlich. Das war die Hauptsprache. Weiter drüben, gegen Simmering zu, habe es allerdings auch Zigeuner gegeben. Fuhrwerker waren das, Roßtäuscher, Nagelschmiede. Paul wollte immer welche treffen, aber nach den tausend Jahren des 3. Reichs waren die meisten von ihnen verschwunden.

Viel ist verschwunden. Die heutige Kreta wirkt leer. Nicht erst nach Einbruch der Dämmerung, sondern am hellichten Tag. Weiß scheint die Sonne. Die Schatten sind blaß und kurz. Zusammengeknülltes Papier wirbelt im Wind. Gewisse Assoziationen führen in die Wüste.

Gearbeitet wird kaum *hier,* sondern *anderswo.* Die kleinen Geschäfte und Gasthäuser haben meist zugesperrt, nur da und dort haben Jugoslawen oder Türken wieder eins eröffnet. Merkwürdig, sage ich, daß sie ihre heimatlichen Gewohnheiten nicht beibehalten, daß sie mit ihrem Kommunikationsbedürfnis nicht ins Freie gehen. Kein Mensch auf der Straße. Nur ab und zu huschen Kinder vor uns in die Haustore.

Und Kreta heißt das hier nach der griechischen Insel? Naja, sage ich, die meisten Leute, die ich danach gefragt habe, erzählen von einem kretischen Aufstand während des Krimkriegs. Die damaligen Bewohner der Kreta werden mit den Aufständischen in Verbindung gebracht. Aber ich glaube nicht so recht an die historische Herleitung. In diesem Fall bin ich mehr für die Etymologie. In Italien, wo ich übrigens eine ganz ähnliche Gegend gefunden habe wie die hier am Fuß des Laaer- und Wienerbergs inzwischen beinah verschwundene: Hügel und Felder Richtung Süden, Lehm- und Lößabbrüche, sogar ein Ziegelwerk: in Italien wird das Wort *crete* für genau solche Abbrüche verwendet. Auf italienisch heißt *creta* ganz einfach Ton. Die Sprache, die hier gesprochen wird oder wurde, ebenso wie die Bevölkerung, die hier zusammengekommen ist, hat halt recht weit verzweigte, oft tief unter der Oberfläche laufende Wurzeln.

S. schaut durch die Kamera. Wie soll er das, was unter der Oberfläche ist, fotografieren. Und das was *war.* Otto D. erzählt von legendären Strizzis. *Der Hammer-Lange* hat einer geheißen, ein anderer *der Sechser.* Wahrscheinlich wirklich ein Glück, denen nicht mehr zu begegnen. Anderseits traurig – etwas an Farbe fehlt. Es scheint allerdings wieder besser zu werden, sagt Martin. Unlängst ist er in ein Wirtshaus am Ende der Quellenstraße gegangen, um Geld für den Zigarettenautomaten zu wechseln. Die Kellnerin wollte nicht oder verstand ihn nicht, er war etwas zu beharrlich, vielleicht hat er auch versucht, seinen Charme spielen zu lassen. Und dann, erzählt er, hat er schon die Annäherung mehrerer Typen hinter sich geahnt. Ihm sei klar gewesen, daß es nun nur mehr darauf ankäme, die Schläge, die er bekommen würde, möglichst wenig zu spüren. Im nächsten Moment auf dem Boden liegend, habe er vor allem die Beine zusammengeklemmt und sein Gesicht geschützt. Mir tut alles weh beim Zuhören, aber ihm scheint, was er erzählt, obwohl es schmerzhaft war, Spaß gemacht zu haben – aus dieser Ambivalenz resultiert, nebenbei bemerkt, ein nicht unerheblicher Teil der Literatur.

Manja

In dieser Gasse hat die Manja gewohnt. Sonja, meine Frau, nannte sie die Manja*tante*, obwohl sie gar keine richtige Tante war. Als ich die Peripheriegeschichten zu schreiben begann, machte sie mich mit dieser Tante bekannt. Die kann dir sicherlich eine Menge erzählen. Wir gingen hin: Manja, das ist der Peter, sagte meine Frau. Und ich, sagte Manja, bin die besoffene Manjatant. Ihr Bein zwischen uns auf dem Sessel, geschwollen, bandagiert. Da hinten in der Kredenz ist eine Flasche. Der Kassettenrecorder war eingeschaltet.

Mein Vater war auch ein Bsuff, sagt sie, das ist das einzige, was der Falott mir vererbt hat. Schon als Mädel habe sie zu trinken begonnen, damals im 1. Weltkrieg. In die Schule sei sie nicht viel gekommen, vormittag habe sie sich meist anstellen müssen um Erdäpfel und Komißbrot. Aber dort, in der Schule, hätte sie ohnehin nicht einmal Deutsch gelernt, das war die tschechische Koménsky-Schule. Deutsch gelernt hat die Manja eher im Park. Das heißt: Favoritnerisch; Deutsch, das wäre was anderes. Zwischen raufen und schmusen. Ja, ich war früh dran. Sie lacht: Wir haben ein Feuer gemacht und es ausgebrunzt.

Das kennt ihr heut gar nicht mehr: Proletarierkinder. Manjas Stimme vom Tonband, fast zwanzig Jahre später. Ein merkwürdiges Gefühl beim Anhören. Sie ist inzwischen gestorben. Dort oben hat sie gewohnt. Die Jalousien an ihren Fenstern sind jetzt andere. Aber zurück zu den Proletarierkindern. Die haben absolut *nichts,* sagt die Manjatant. Und was sie haben, die Jugend, verbrennt wie ein Tschick. Ich mein, wie ein Tschick, an dem du zu gierig anziehst.

Mit vierzehn ist so eine Jugend dann eh im Arsch. Sie sagt, was sie meint, poetisch und unpoetisch. Ich bin in die Zuckerlfabrik arbeiten gegangen, aber ihr braucht nicht zu glauben, daß das süß war. Am Fließband hast du von früh bis spät den Aufseher im Genick (nein, sie sagt *Gnack*), von den Waffeln, die so gut riechen, hast du zerschnittene Hände und wenn dein Gewebe zu schwach ist, einen Leistenbruch von den schweren Wageln. Zu schwer sind dir die? Der Aufseher lacht dich aus! Du kannst ja was anderes machen, wie wärs mit Ballett-Tanzen? Ein origineller Mensch, das muß man ihm lassen. Sitzt du zu lang auf dem Klo, steht, wenn du zurückkommst, schon wer anderer an deinem Platz, dankschön, auf Wiedersehn.

Danach war die Manja in der Konservenfabrik. Wieder am Fließband, wo sonst, wenn du nichts besseres gelernt hast. Der einzige Spaß: Manchmal in die Konservendosen hineinzuspucken und sich zu freuen, daß das ein anderer frißt. Aber wer weiß, alles dreht sich im Kreis, am End bist du's selber. – Hat sie das wirklich gesagt? Nein, das war jemand anderer. Aber es paßt zu ihr, sie könnte es gesagt haben. Ein altes Lied ist das, Manja könnte es singen. Auch den Refrain: Wie uns die Straßenbahn in der Früh von uns wegführt und aber am Abend, obwohl es so aussieht, nicht wieder zurückbringt.

Aber wir haben auch unsere Gaude gehabt. Es widerstrebt mir, Gaude mit i oder Doppel-e zu schreiben, wie es der Duden gerne hätte. Gaudium: Freude, Ausgelassenheit, Spaß – gaudeamus igitur. Die Manjatant sagt das Wort Gaude ganz eindeutig so, wie es hier steht. Samstagnachmittage und Sonntage auf dem Laaerberg. Am Ziegelteich gelegen, nur in der Kombinege, Fleischlaberln aus dem Stanniolpapier gewickelt und Gurkensalat aus dem Einsiedglas gelöffelt. Bier aus der Flasche getrunken, manchmal hat einer auch einen Doppelliter Wein mitgebracht. Und die Sonne hat warm geschienen, und der Wind hat die Ringelspielmusik vom Böhmischen Prater herüber getragen. Und wie das Gras gerochen hat und wie die Schmetterlinge geflattert sind und wie die Haut heiß war. Und sie war keine Spielverderberin und sie war keine Kostverächterin und sie war eine fesche Gretel. Ja, sagt sie, wenn du mich heute anschaust, dann glaubst du das nicht mehr. Aber ich hab zwei grade Haxen gehabt, und was dazwischen war, war auch ganz appetitlich.

Und dann (danach) ist man zum Polkatanzen gegangen. Bei der Bendekovics-Wirtin, vis à vis von dem Ringelspiel, das ausschaut wie ein Türkenzelt. Oder Schaukeln, auf Hutschen, die sich ganz durchdrehen. Wenn du den höchsten Punkt erreichst, stehst du total auf dem Kopf, das ist ein ganz schwindliges Gefühl. So schwindlig, ja, daß du Lust kriegst, dich noch einmal in die Büsche zu schlagen. Was wahr ist, ist wahr, sagt die Manjatant, da soll man gar nicht verschämt drum herum reden. Nein, sie hat nicht verschämt gesagt, sondern *gschamig*. Und das Wort gschamig, so wie sie es gesagt hat, klingt nach ihr völlig zuwiderer Heuchelei.

Jede Menge Verehrer hat sie gehabt. Aber das waren halt nichts als arme Schlucker. Bis auf den Hahnenschwanzler, der war eine Ausnahm. Aber weißt du, sagt sie, mit dem hab ich mich halt viel weniger gut verstanden. Später sei da sogar ein Nazi gewesen. Wann werden sie, hat sie der gefragt, in den Biergärten auf dem Laaerberg endlich deutsche Musik spielen? Das war auch schon, sagt sie, das Ende dieser Romanze. Wenn du die böhmische Polka nicht magst, habe sie gesagt, kannst du gleich marschieren.

Und das hat er dann auch getan, der Trottel. Erst ist er nach Polen marschiert und dann nach Frankreich. Aus Paris hat er noch eine Karte geschrieben. Aber in Rußland ist ihm das Schreiben vergangen. Ihr Mann, den sie inzwischen kennengelernt hat, war von all dem weniger begeistert. Wie sie ihn eingezogen haben, hat er geweint. Eine Seele von einem Menschen, mit dem Sindelar hat er noch Fußball gespielt. Paß auf Deine Haxen auf, hat sie zum Abschied gesagt, aber im Jahr '45 ist er mit einem Kopfschuß zurückgekommen.

Hier kippt die Stimme der Manjatant auf dem Tonband. Man hört, wie sie trinkt. Sonja versucht, nicht nur unsere ausgetrunkenen Stamperln, sondern auch die Flasche wegzuräumen. Laß! Ich erinnere mich: Manja stemmt sich auf ihren Krücken hoch. Was soll ich denn tun, außer saufen? Ja, ich weiß, man kann sich auch schneller umbringen. Dann, weiter trinkend: Sie habe es schon probiert. Das erste Mal mit Gas, das zweite Mal mit einem Vorhangstrick. Schon recht, sie verspreche uns, soetwas nicht mehr zu tun. Aber wenn sie, so allein wie sie sei, auch noch auf dem Trockenen sitze, werde sie trübselig.

Also gut, sagt sie, machen wir halt noch weiter. Im 45er-Jahr haben wir schließlich auch weiter gemacht. Unser Haus war natürlich ausgebombt. Na wenn schon, haben wir eben oben im Schrebergarten gewohnt. Unterer Laaerwald, gleich beim Böhmischen Prater. Von '45 auf '46, ein grauslicher Winter. Die Brunnen in allen Gärten sind eingefroren. Nur ein Hydrant war offen. Dort haben sich alle getroffen.

Und das war schön. Man war damals nicht allein. So schlecht die Zeit war, die Leut, kommt mir vor, waren besser. Der Frühling war fein. Im Garten hat alles geblüht. Der Franzl hat wieder Harmonika zu spielen angefangen, und wir sind mit unseren Nachbarn zusammengesessen. Das war kurz, bevor er mir auf die Leiter gestiegen und einfach runtergefallen ist, ein schöner Tod. *Freut Euch des Lebens,* haben wir gesungen, und unser Hund, der Rigo, hat mitgeheult. Wir haben ihn gern gehabt, er hat ja nichts dafür können, daß er ein deutscher Schäfer war. Einmal ist der Baronkarl vorbeigekommen, ist an der Gartentür stehengeblieben und hat zugehört.

Ein Wirt auf dem Laaerberg soll dem Baronkarl einmal ein Quartier angeboten haben. Baronkarl, soll er gesagt haben, ich hab eine Rumpelkammer frei, willst nicht einziehn? Und der Baronkarl sei eingegangen auf den Vorschlag, es war ein strenger Winter. Und der Baronkarl sei angestapft durch den Schnee mit seinen Siebensachen.

Dem Baronkarl seine Siebensachen, das waren übrigens wahrscheinlich nicht einmal sieben. Von zwei Menagereindeln wird berichtet, einem Pack alter Zeitungen, einen Taschenfeitel und einem Stück Tintenblei. Das hat er alles in seiner Kiste versteckt gehabt. Nicht zu vergessen natürlich dem Baronkarl seine Geige.

Und der Baronkarl habe sich den Schnee abgeklopft und sei hinein in die gute Stube. Und der Baronkarl habe sich die Schuh ausgezogen und die Füß gelüftet. Und der Wirt persönlich habe ihm einen Kanonenofen in die Rumpelkammer geschleppt. Und ein lummriges Feuer gemacht habe ihm die Wirtin.

Zuerst habe sich der Baronkarl auch ganz wohl gefühlt in seiner neuen Behausung. Sei dort gesessen und habe seine Schuh geflickt, seinen Mantel ausgebessert. Habe hinausgeschaut zu seiner Oberlichte, den Schneeflocken nach. Oder habe seine Zeitungen gelesen und angeschrieben mit dem Tintenstift.

Im Gastzimmer nebenan sei er sowieso wie zu Haus gewesen. Und habe beim Kartenspiel manch einen Stich gemacht. Der Wirt, eine gute Haut, habe oft einen ausgegeben. Und die Wirtin, ja also die Wirtin habe viel mit dem Karl geplaudert.

Der Wirtin nämlich soll der Baronkarl recht gut gefallen haben, als Mann. Denn der Baronkarl war kein unfescher Kerl mit seinem angegrauten Bart, wenn auch etwas klein und breit. Und sobald er gewaschen war und, was er gut gekonnt haben soll, schöne Worte gemacht hat ... Aber das ist Gerede, und dem wollen wir, diskreterweise, nicht allzu weit nachgehen.

Dann aber sei der Karl unruhig geworden. Sei auf und ab wie ein Tier im Tiergartenkäfig. Von der Oberlichte zur Tür und wieder zurück. Und hin und zurück, so klein seine Kammer auch war. In der Gaststube sei er nicht mehr erschienen. Ob er denn krank wär, hätten die Gäste gefragt. Der Wirt und die Wirtin hätten die Köpfe geschüttelt. Er sei halt ein komplizierter Spinner, der Karl.

Und eines Tages sei er dann weg gewesen. Und lange Zeit nicht mehr aufgetaucht in der Gegend. Der Wirt und die Wirtin hätten gerufen nach ihm. Es sei aber kalt gewesen, und sie hätten bald damit aufgehört.

Ein anderer Wirt hat den Baronkarl einmal als Heurigensänger einstellen wollen. Denn der Karl habe nicht nur gern gespielt, sondern auch gern gesungen. Außerdem hat er uralte Lieder gekannt. Die habe man sonst schon längst vergessen gehabt.

Der Wirt habe dem Baronkarl also eine Harmonika umgehängt und ein paar Flaschen Bier hingestellt. Und der Baronkarl habe die Augen geschlossen und nach einer Melodie gesucht. Und die Leute hätten zu reden aufgehört und seien zusammengerückt. Und die Leute seien still rundherum gesessen und hätten gewartet.

Und dann habe der Baronkarl zu singen (oder eher: zu sprechen) angefangen mit seiner sehr rauhen Stimme. Und wenn er sie gesungen (oder eher: gesprochen) habe, dann hätten auch die schmalzigsten Lieder alles Schmalz verloren. Und zwischendurch habe der Baronkarl lange Züge getan aus den immer leerer werdenden Bierflaschen. Und zwischendurch hätten die Leute applaudiert, aber der Baronkarl hätte sie gar nicht gehört. Ganz weit weg soll er gewesen sein, wenn er etwa in Umkehr des *richtigen* Textes davon gesungen habe, daß sein Vater *kein* Hausherr gewesen sei und *kein* Seidenfabrikant. Von Refrain zu Refrain habe er improvisiert und aus dem wohl lustigen, aber eigentlich doch nur halblustigen Lied ein ganz anderes gemacht. Und wenn er von seinen zwei *harben Rappen* gesungen hat, dann hat man ihm, heißt es, zwar kaum den Herrenfahrer abgenommen, wohl aber den Kapskutscher. Und der (der Kapskutscher nämlich) war ohnehin echter.

Und wenn jemand gesagt hat: Baronkarl spiel mir das und das Lied, – als wär der Baronkarl irgendein Musikant gewesen, der für Geld spielt – was ist passiert? Der Baronkarl hat ihn gar nicht beachtet. Wenn der dann aber noch immer nicht kapiert hat, mit wem er es zu tun gehabt hat, hat der Baronkarl gesagt: Zuerst wird gespielt, was *ich* will. Und dann kommt lang nix. Und dann kommt *vielleicht*, was *du* willst.

Daß der Karl bei dem Wirt dort zu singen und zu spielen aufgehört hat, das hängt, wird gemunkelt, mit einer Amtshandlung der Polizei zusammen. Immer häufiger habe er nämlich Lieder gespielt und gesungen, die er nicht hätte spielen sollen, damals, es war gegen das 34er-Jahr, und wer weiß, sollt er sie heut spielen. *Wer wird unsere Straßen jetzt kehrn?* – war zum Beispiel die in einem dieser Lieder (aus dem 18er-Jahr soll das gestammt haben, wenn nicht gar aus dem 48er-Jahr des vorigen Jahrhunderts) immer wiederkehrende Frage. Und die Antwort: *Ja die noblichten Herrn/ mit den goldenen Stern, die wern unsre Straßen jetzt kehrn* – also diese Antwort soll zumindest dazu geführt haben, daß man ihm, unter Verweis auf das Nichtvorhandensein einer Musik- & Gesangskonzession, das Maul verboten hat.

Ort: *Wien. Auf dem Laaerberg. Im Böhmischen Prater.*

Wo ist der Berg, fragt S.

Nun, es stimmt, daß das kein richtiger Berg ist.

Irgendein Gasthausgarten. Nein, irgendein Gasthaus.

Es regnet. Im Freien kann man nicht sitzen. Wo ist das Freie?

Ich erinnere mich an den buckligen Schani. Eine wandelnde Vogelscheuche im Regen. Das linke Aug und der Mund, wie sie rettungslos schief hingen. Der Tränzerling, wie er ihm ungeniert aus dem Mund tropfte.

Wie er stehenblieb und ans Fenster klopfte. Wie er die Nase platt an die Scheibe drückte. Wie ihn die Wirtin mit dem Besen vertrieb. Schleich dich, du Ungustel, du vertreibst mir die Gäst!

Zeit: *Schon lang. Oder erst vor kurzem. Beides.*

Daß das kein richtiger Berg ist, gebe ich zu.

Herbst oder Frühling, das spielt überhaupt keine Rolle.

Aber von der Ankerbrotfabrik an sind wir doch ein bißchen bergauf gegangen.

Ja, unter der Autobahntangente.

Die war früher noch nicht da.

Der Regen läßt nach. Also gehen wir noch ein Stück.

LANDSCHAFTSSCHUTZGEBIET LAAERWALD. DER RUHE & ERHOLUNG GEWIDMET.

Über den Schrebergärten zittert der Lärm in der Luft.

*

II

Wir hätten die Exkursion auch anders beginnen können. Etwa vom Margaretengürtel kommend, aus der Straßenbahnunterführung heraus, unter der Eisenbahnbrücke durch. Nie wieder Krieg, stand dort in großen weißen Buchstaben geschrieben, so weit sich Paul zurückerinnerte. Aber die Schrift ist im Laufe der Jahre verblaßt und inzwischen ganz verschwunden.

Die Landgutgasse, nach dem ALTEN LANDGUT benannt. Dann rechts der Waldmüllerpark, der war früher ein Friedhof. Pauls Schulweg. Meistens kamen ihm, noch bevor er in den Waldmüllerpark einbog, zwei Mädchen entgegen. Eine blond, eine brünett, die eine hatte Augen, die ihn kitzelten, die andere einen weichen, in seiner Phantasie nach gebrannten Mandeln schmeckenden Mund.

Die beiden Mädchen lachten, wenn sie ihn sahen. Es war kein spöttisches Lachen, aber ein über Pauls inneren Kampf, den man ihm anscheinend äußerlich ansah, amüsiertes. Der Kampf des entschlossenen Paul und des schüchternen Pauli. Jedes Mal, wenn er an den beiden Mädchen vorbei war, nahm sich Paul vor, sie am nächsten Tag auch ganz bestimmt anzusprechen.

Es geschah nie. So gibt es Beziehungen, die in der Möglichkeitsform stehen bleiben. Hätte er sie angesprochen, wäre sein und ihr Leben vielleicht ganz anders verlaufen. Schneeweißchen & Rosenrot, sie hätten ihm, ihrem Bären, das Fell gekrault. Und er hätte sich, schon allein dadurch, in einen schönen Prinzen verwandelt, und sie gefragt, ob sie seine Frauen werden wollten, und womöglich hätten sie ja gesagt.

Vom Mutschila-Ferdl

Wo ist der Mutschila-Ferdl, den heute kaum mehr wer kennt, obwohl das Beisel, knapp vor dem Eingang zum Waldmüllerpark, jetzt ZUM FERDL heißt? Im Gegensatz zu den beiden Mädchen, die Paul nur meistens, aber nicht immer sah, wenn er zur Schule ging (manchmal war *er* zu spät, waren *sie* zu früh dran), sah er den Gastwirt Ferdinand Mutschila, der vor der Beiseltür stand und seinen Bauch lüftete, jeden Wochentag. Rauchte er? Wenn er geraucht hat, dann C oder Austria 3, sagt der Sturm-Walter, jedenfalls etwas Filterloses. Neben dem Mutschila-Ferdl stand oder lag sein Boxerhund und ähnelte ihm, besonders was die Stirnfalten und den Ausdruck der Augen betraf, frappant.

Oder war es der Ferdl, der seinem Boxerhund ähnlich geschaut hat? An den Hund, sagt der Sturm-Walter, mein und Pauls Freund, kann ich mich weniger erinnern. Aber er erinnert sich daran, daß der Mutschila-Ferdl eine Schürze umgebunden hatte, nein , nicht blau, wie ich glaube, sondern so ein dreckiges Weiß mit Gulaschflecken. Und daß er oft vor der Beiseltür stand, daran erinnert sich der Sturm-Walter natürlich auch, obwohl er in *seiner* Erinnerung zuerst am Gassenschank-Fenster auftaucht.

Seine Erinnerung an den Mutschila-Ferdl, sagt der Sturm-Walter, ist nämlich zuallererst die an Pfefferoni und Kirschpaprika. Die Pfefferoni waren die erste Stufe, die haben wir damals, da waren wir elf oder zwölf, im Vorübergehen gekauft. Durchs offene Fenster, in mit scharfem Duft durchtränktem Papier, hat sie der Mutschila-Ferdl herausgereicht. Und zwischen uns war das so eine Art von Mutprobe: Wer kann mehr Pfefferoni essen, ohne daß es ihn zerreißt? – Die Mehrzahl, in der er hier spricht, umfaßt Paul noch nicht. Paul ist erst später dazu gestoßen, und das ist wahrscheinlich der Grund, warum die Pfefferonierinnerung bei mir nicht die erste ist. Allerdings gewinnt sie, je mehr der Sturm-Walter davon erzählt, mehr und mehr Raum in meiner Vorstellung. Man soll oder kann nicht über Pfefferoni schreiben, ohne ihren Geschmack auf der Zunge zu spüren.

Die roten Kirschpaprika waren die zweite Stufe. Wollen Sie's scharf oder sehr scharf, hat der Mutschila-Ferdl gefragt. Nämlich die Gulaschsuppe, da waren wir fünfzehn oder sechzehn, er hat uns bereits mit Sie angesprochen. Nun ist Paul, aus ganz anderen Weltgegenden (Wien 3!) zugereist, bereits mit von der Partie, das war schon die Zeit, zu der wir nach der Schule manchmal in ein Beisel hineingefallen sind, um ein Bier zu trinken.

Der Mutschila Ferdl stand noch immer/ schon wieder vor seiner Beisel-Tür, wenn Paul von der Schule zurückkam, mit oder ohne Sturm-Walter. Wie uns das Leben so mitspielt, hatten die beiden nach ein paar Jahren nicht mehr den selben Schulweg. Aber der Mutschila-Ferdl blieb ein Treffpunkt. Erst ein Treffpunkt, dann eine gute Gesprächsbasis.

Hochzeitslisten in Favoriten bei
GIULIO COMPOSTELLA
Favoritenstr. 100 • Tel. u. Fax: 6042172
Glas • Porzellan • Besteck
MILCHPAUSE

panorama

Laaerwald 472
SPIELHALLE
PIZZERIA
VIDEOSPIELE
FUSSBALLTISCH
BILLARD
MÜNZGEWINN-
SPIELE

In meiner Erinnerung steht er vor der Beiseltür unter der Mittagssonne. Oben nicht allzuviel Haar oder sehr kurzes Haar, wahrscheinlich ein Haarkranz. Und der Boxerhund liegt oder steht neben ihm, vielleicht sind es auch zwei Boxerhunde. Und in meiner Mittagserinnerung läßt er sich die Sonne auf den Bauch scheinen, und seine Daumen stecken hinter den Hosenträgern.

Ein Kirschpaprika, das war scharf, *drei* Kirschpaprika, das war sehr scharf. Die sind mit der Gulaschsuppe, die wir uns zum Bier gekauft haben, erhitzt worden. Das war halt die höhere Mutprobe, die Dreier-Version war kaum ohne Schweißausbruch auszuhalten. Dann hat man aufs Klo gehen müssen, um sich zu waschen, und dann hat man noch ein zweites Bier trinken müssen, um den Brand zu löschen.

Dieses schmale Gastzimmer, weißt du noch, nicht viel größer als ein Würstelstand. Aber der breite, schöne Wirtshausgeruch. Rechts vorn war die Schank, links hinten ein großer Tisch. Naja, vielleicht hast du recht und es waren mehrere kleine Tische, darüber wollen wir nicht streiten. Jetzt ist das ohnehin irgendwie alles anders. So komische Tische, an denen man sitzt wie mit Scheuklappen. Ich hab ein Bier bestellt, sagt der Sturm-Walter, aber es hat mir nicht richtig geschmeckt. Auch der Schnaps, den er danach getrunken hat, hat nichts mehr genützt.

Nach diesem letzten Gespräch bin ich auch hingegangen. Gulaschsuppe gabs nicht. Also hab ich mir eine Buchstabensuppe bestellt. Die Einrichtung: pseudorustikal, aus dem Radio Country- & Westernklänge. Vor der Schank leptosome Sitzgelegenheiten mit Spinnenbeinen. – Scheißnostalgie, was will ich, die Kellnerin ist freundlich. Den Slivovitz kann man trinken. Über der Bar eine Kollektion von Ansichtskarten. Italien, Griechenland, Kanarische Inseln. Wo ist der Mutschila-Ferdl? Keine Ansichtskarten aus der Hölle oder aus dem Himmel.

Aber der Garten, erinnerst du dich an den Garten? Ein paar hölzerne Klappsessel zwischen Gemüse direkt unter der Südbahn. Ich steh auf, tu so, als ob ich aufs Klo wollte, und werfe einen Blick zur Hintertür hinaus. Tatsächlich, Ferdinand Mutschilas Zaubergarten existiert noch. Zwar sind keine Klappsessel da, sondern hölzerne Bänke. Und mein altes Refugium ist nicht von Gemüse, sondern von einem Palisadenzaun umgeben. Die Atmosphäre hat aber noch was von damals. Es gibt (wenn auch geschlossene) Sonnenschirme und immer noch diese Schiefertafeln, auf denen zwar keine Speisen angeschrieben sind, aber es ist ja noch recht früh im Jahr.

Der Rauch von der Bahn hat sich allerdings längst verzogen. Klar, heute fahren keine mit Kohle betriebenen Loks mehr, auch nicht eine einzige. Zweifellos ist das gesünder, aber mir geht das Odeur ab. Manchmal, erinnere ich mich, senkte sich der Ruß wie schwarzer Schnee auf den Bierschaum.

Was schreibenS denn da? fragt der Mutschila-Ferdl in einer sehr späten Erinnerung an ihn, da war ich schon in der Siebenten oder Achten. In den Augenblicken, in denen er nach hinten gekommen ist, um nach dem

Rechten zu sehen, kann er nicht vor der Beiseltür gestanden sein, eigentlich eine befremdliche Vorstellung. Und doch muß es so gewesen sein, der Boxerhund ist auch mit dabei und schnüffelt an meiner Hand. Ich schreib mir halt was auf, sag ich, und F. Mutschila sieht mit gerunzelten Brauen, die mir jetzt auch einfallen, in ihrer ganzen Buschigkeit, mein fast leeres Bierglas, und ich bestelle mir pflichtschuldig ein volles, neues.

Und jetzt, im Waldmüllerpark sitzend, schreib ich noch immer.

Vom Baronkarl. Schon wieder. HörnS, fällt Ihnen nichts anderes ein?

Seine Schwester soll ihm noch eine Wohnung in der Landgutgasse gemietet haben.

Aber dort sei er recht selten vorbeigekommen.

Von 1921 bis 1926 ist er in einer Wohnung am Keplerplatz 14 gemeldet.

Kepler, Johannes. War das nicht der, der irgendwelche neue Planeten entdeckt hat?

Zumindest Kometen oder Meteoriten?

In der Rubrik *abgemeldet nach* steht der amtliche Vermerk *unbekannt*.

Der Baronkarl war ein entlaufener Mönch.

Der Baronkarl war ein verhinderter Künstler.

In der Männerherberge Karl Pokorny & Co. (Quellenstraße 77) ist er vom 7. bis zum 11.5.1928 gemeldet.

Ab 1930 ist das Obdachlosenheim der Stadt Wien, früher Werkhaus, also das sogenannte Werkl in der Gänsbachergasse 3 seine bevorzugte Postadresse.

Gespräch über Türken

Finden Sie das richtig, die ganze Fernkorngasse hinauf, zwischen Gudrun- und Quellenstraße, nichts als Türken? Sie meine, sie habe ja nichts gegen die, im vorigen Sommer sei sie mit ihrer Familie sogar in der Türkei gewesen, aber *unterm* Jahr und *da*? Ein preisgünstiges Arrangement, schönes Hotel an der kleinasiatischen Südküste, nein, den unaussprechlichen Namen des Ortes habe sie sich nicht gemerkt. Aber sauber sei es gewesen, alle Achtung, der Hotelier habe deutsch gesprochen, und ihr größerer Bub, obwohl eigentlich schon über die im Prospekt angegebene Altersgrenze hinaus, habe, genau wie der kleine, die Kinderermäßigung gekriegt.

Die da hingegen benehmen sich wie Kümmeltürken. Hören Sie sich nur – sie weist mit vorwurfsvoller Geste auf den Spielplatz – dieses unartikulierte Geschrei an. Ihr Kleiner, wenn ich recht begriffen habe, um welchen es sich handelt, schreit tüchtig mit. Aber eigentlich sollte er gar nicht mit diesen Rotznasen spielen.

Franzi, komm her! Soll ich mein Heft schließen, mich verabschieden und den Platz wechseln? Oder soll ich, die Gelegenheit nützend, sitzen bleiben und mitschreiben? Wenn Sie die Fernkorngasse hinauf gehen, achten Sie auf die Parterrewohnungen oder, noch besser, die Kellerwohnungen, da können Sie von draußen hinein sehen. Acht bis zwölf Leute in einem Raum, den man danach kaum mehr zu zivilisierten Wohnzwecken gebrauchen kann, Gaskocher, Stockbetten. Wenn sie die Fenster offen haben (und weil sie keinen Genierer kennen, haben sie meistens die Fenster offen), stinkt es heraus. Und der Lärm, den sie machen, dringt auf die Straße. Die schrillen Stimmen der Frauen, das Plärren der Babies. Aber das schlimmste ist die Würmermusik!

Würmermusik? Ich werde gleich verstehen, was sie meint, das Hobby ihres Mannes, sagt sie, sind Zierfische. Sie haben also mehrere Aquarien daheim, ob ich vielleicht auch ein Aquarium daheim habe? Nein, aber früher als Bub hab ich eines gehabt. Sehen Sie, sagt sie, dann kennen Sie doch bestimmt diese langen, roten Würmer, Tubifex heißen sie, die man als Fischfutter verwendet. Ja und? Na, ob ich nicht in Erinnerung habe, wie sie sich winden. Wie Schlangen zum Flötenton eines Schlangenbeschwörers. Ein bißchen komisch, aber eigentlich grauslich. Und genau das sei es, was sie meine, wenn sie Würmermusik sage.

Dort in der Türkei hingegen, in diesem gepflegten Hotel, da habe es am Abend natürlich Diskomusik gegeben. Auch das Essen war gottseidank nicht das türkische Kebabtschitschi, auf das man sowieso nur Durchfall bekomme, sondern internationale Küche. Ihr Kleiner habe immer seine Pommes frites mit Ketchup gekriegt. Und das Schnitzel, das sich ihr Mann einmal außertourlich bestellt habe, das habe zwar ausgesehen wie gebackener Leberkäs, aber es habe ihm schon aus Nationalstolz geschmeckt.

Ja, man komme doch gern wieder nach Hause, auch wenn der Urlaub immer zu kurz sei. Wenn man nur in einer anderen Gegend wohnen könnte, das Gesindel, von dem man hier umgeben sei, sei halt leider eine Zumutung. Sie meine: Wohin solle sie denn mit dem Kleinen gehen, der Waldmüllerpark sei der einzige größere Park weit und breit. Und schön sei er hergerichtet. Aber manchmal, da fühle man sich hier wie nach der Türkenbelagerung.

Nach der Türkenbelagerung, wende ich ein, seien die Türken aber abgezogen. Ah ja? sagt sie. Ah so, sagt sie. Ja stimmt, aber jetzt sind sie wieder da. Was wollen die hier? Die werden ja immer mehr! Das muß man rechtzeitig einbremsen. Wehret den Anfängen!

Großmutter/Großvater

Vielleicht waren seine Großeltern die ersten, die Paul vom Baronkarl erzählt hatten. Sie wohnten in der Hasengasse 53, also gar nicht weit von jener legendären Kommunekiste. Je mehr ich darüber nachdenke, desto wahrscheinlicher kommt mir das vor. Siehst du den Hydranten dort unten? Da hat er sich immer gewaschen.

Paul mußte manchmal bei den Großeltern schlafen. Seine Mutter versuchte, ihm den drei Stockwerke langen Aufstieg zu verkürzen, indem sie ihn aufforderte, die Treppenstufen zu zählen. Wieviele es waren? Nein, ich weiß es nicht mehr. Aber damals wußte es Paul ganz genau und nahm jede Stufe mit vollem Bewußtsein.

An der auf seine Füße gerichteten Konzentration liegt es wohl, daß ihm gerade die Bodenbeschaffenheit dieses Hauses in Erinnerung blieb. In jedem der drei Stockwerke (mit dem sogenannten Mezzanin waren es sogar vier) gab es anders gemusterte Fliesen. Das Stockwerk der Großeltern war ihm zuallererst an den Fliesen erkennbar. Einige davon waren im Lauf der Zeit lose geworden und klapperten beim Darübergehen. Am Türstaffel zur großelterlichen Wohnung war eine Metallleiste locker. Der Holzboden der Küche schlug Wellen, dort wo an den Brettern, in ihrem Vorleben als Bäume, die Äste weggewachsen waren, gab es Buckel, die bei Paul die Vorstellung von Nußschokolade auslösten. Nicht, daß er damals so viel Nußschokolade bekommen hätte. Aber vermutlich war genau das der Grund dafür.

Daß in der Küche einer in der Hasengasse gelegenen Wohnung Hasen hausten, schien ihm im Alter von vier bis sieben selbstverständlich. Er durfte sie manchmal mit Salatblättern füttern und mochte ihre gegen das Drahtgitter des Verschlags, in dem sie unter der Abwasch gehalten wurden, aufgeregt drängenden, schnuppernden, samtigen Nasen. Nicht selbstverständlich schien ihm hingegen, daß sie an Feiertagen geschlachtet werden sollten. Aber da hilft nichts, sagte der Onkel Willi, ab und zu muß der Mensch auch einen Bissen Fleisch essen, dir werden sie auch schmecken.

Der Onkel Willi, obwohl damals schon um die zwanzig, wurde zu Hause noch immer Burli gerufen. Er war das jüngste von zwölf Kindern, die die Oma geboren hatte, drei davon waren bald nach der Geburt gestorben. Er war auch der einzige überlebende Bub. Der andere, Onkel Rudi, war, wie es hieß, in Stalingrad geblieben und nur mehr auf einem bräunlichen Foto mit schwarzem Rand zu sehen, das im Zimmer hing, aber wir stehen erst an der Schwelle zum Kabinett.

Dieses Kabinett, so eng es beim ersten Hineinschauen schien, war erstaunlich geräumig. Das heißt, um genau zu sein, daß es unwahrscheinlich vielen Bewohnern Raum bot. Der Onkel Willi schlief darin z.B. auf einem Klappbett, das untertags hinter den Kasten gestellt wurde. Auf der Couch aber, auf der Paul bei Tag sitzen oder knien durfte, um am herangerückten Tisch zu zeichnen oder – etwas später – Aufgaben zu schreiben, schliefen bei Nacht die Tante Gerti und die Tante Hansi. Die hatte Paul gern, weil etwas Erotisches von ihnen ausging, das er damals natürlich noch nicht zu benennen wußte. Aber die Idee, einmal zwischen ihnen auf der Couch zu schlafen und sich abwechselnd an die und jene zu schmiegen, schien ihm überaus reizvoll. Zwei oder drei Jahre darauf hatten die Tante Gerti und die Tante Hansi Verlobte, die, keine Ahnung mehr wie, zumindest vorübergehend auch in diesem Kabinett schliefen. Früher müssen noch die älteren Töchter Steffi, Helli, Anni, Mitzi und Rosa irgendwo zwischen Küche und Kabinett Platz gefunden haben.

Das Zimmer nämlich, in das man vom Kabinett kam und das Paul schon wegen eines mit wildem Wein fast zugewachsenen Fensters imponierte, durch das ein grünes Licht fiel, war die meiste Zeit über tabu. Da drin schlief der Opa, wenn er vom Nachtdienst nach Haus kam. Er war Lokomotivführer, jenseits des Waldmüllerparks, von dem man durchs andere, nicht zugewachsene Fenster, ein kleines Stück sehen konnte, fuhr die Südbahn vorbei. Sie pfiff manchmal und gemahnte dadurch an die ebenso interessante wie verantwortungsvolle Position des Großvaters. Wenn man den aufweckte, ließ er einen Brüller los, der, kaum war er verklungen, eine große Stille hinterließ. Zu Zeiten, die gottseidank vor denen Pauls lagen, sei er manchmal auch, erzählte Pauls Mutter, im Pyjama, aber mit dem Hosenriemen in der Hand, heraus ins Kabinett gestürzt, um die unruhigen Geister zu beruhigen. Er sei halt ein Vater vom alten Schlag gewesen. Besonders den armen Onkel Rudi habe er manchmal grün und blau geschlagen.

Paul konnte das kaum glauben, zu ihm war der Großvater, wenn er wach war, meist ausgesprochen nett. Er hatte einen kleinen, grauen Schnurrbart und Augen die – vielleicht lag das an den vielen Fältchen, von denen sie wie von Strahlenkränzen umgeben waren – manchmal fast schalkhaft dreinsahen. Er beherrschte die Taubensprache und konnte damit sowohl Paul als auch die Lachtaube, deren Käfig meist in der Nähe des zugewachsenen Fensters stand, zum Lachen bringen. Wenn er schlafen wollte, hatte allerdings auch die Taube nichts zu lachen, weil eine über den Käfig geworfene Decke ihren Himmel verdunkelte.

Nicht nur ein Vater, sondern auch ein Mann vom alten Schlag sollte der Großvater gewesen sein. Jaja, sagte die Großmutter, neben der er, obwohl er kaum mehr als 1,70 maß, immer sehr groß aussah. Mein goldener Hansi! Golden waren angeblich seine Haare gewesen, bevor sie grau geworden waren. Die Oma hatte ihn bei einer Tanzveranstaltung kennengelernt, zu der er, als überzeugter Nichttänzer, einzig und allein deshalb gekommen war, um auf seine Schwester aufzupassen. Aber sie habe ihn trotzdem herumgekriegt. Zwar habe er beim Tanzen ein Gestell gemacht, als ob er einen Besenstiel verschluckt hätte, aber mit ihr getanzt habe er immerhin. Und wie verliebt er sie damals angeschaut habe! Hörts ihr nicht zu, sagte der Opa, sie redet nur Blödsinn! Sie rede immer nur Blödsinn, seit vierzig Jahren. Hätte er nicht kurz nach der Hochzeit die

Gewohnheit angenommen wegzuhören, wenn sie zu reden angefangen habe, er hätte es nicht ausgehalten. Sie sei einfach blöd, die Oma, da sei nichts zu machen. Das war der Punkt, an dem Pauls Großeltern meistens aufhörten, deutsch zu reden.

So viel war klar: Viel schien der Opa für die Oma nicht mehr übrig zu haben. Er aß; was sie kochte, ihre Knödeln und Buchteln lobte er sogar, aber Liebe, das sei doch was anderes. Sagte Pauls Vater, ein unverbesserlicher Romantiker. Paul war noch klein, doch er machte sich seine Gedanken.

Zum Beispiel am Abend. Da lag er im Ehebett der Großeltern. Auf der Seite der Großmutter, ob der Großvater nun im Nachtdienst war oder nicht. Manchmal versuchte er sich an die sehr weiche, sozusagen ins Uferlose zerfließende Brust der Oma zu kuscheln. Aber sie roch nach angebranntem Feigenkaffee und dieser Geruch hat ihn noch später, wenn er ihn an wesentlich jüngeren Frauen auch nur in Spurenelementen wiedererkannte, aus dem Konzept gebracht. Blieb der Großvater zu Haus, so war es, als ob zwischen ihm und der Großmutter eine unsichtbare Wand wäre. Er löschte das Licht aus, wälzte sich von ihr weg und furzte im Einschlafen. Paul war so zeitiges Einschlafen nicht gewohnt. Über dem Bett hing eine schmerzensreiche Maria und drehte die Augen zur Zimmerdecke.

Also der Baronkarl, könnte der Großvater gesagt haben.

Der war halt ein Sandler. Weißt, was ein Sandler ist?

Na, ein Strotter halt, könnte die Großmutter gesagt haben.

Wahrscheinlich ist auch das Wort Biertippler gefallen, aber darunter konnte sich Paul damals schon gar nichts vorstellen.

Paul wollte von seinen Großeltern Märchen hören.

Er hatte noch eine andere Großmutter, die ihm immer Märchen erzählte.

Die wußte genau, was die Feen dem Dornröschen gewünscht hatten: Schönheit, Reichtum ...

Aber zu soetwas hatten die Hasengassengroßeltern wenig Beziehung.

Erdäpfel geschält haben soll er manchmal im Gasthaus ZUM STOSS AM HIMMEL. Und damit hat er sich eine große Milchkanne voll Suppe oder Gulasch verdient. Die hat er dann, so klein er war, hinausgeschleppt in den Garten. Und dort, unterm Kastanienbaum, da haben sie schon auf ihn gewartet.

Wer will, wer mag, hat er gefragt, und mit einem riesigen Schöpflöffel Essen verteilt. Die Armen und Arbeitslosen haben ihre Menagereindeln gefüllt. Als Nachspeis hat der Baronkarl Witze erzählt. Natürlich war dem Baronkarl seine Ausspeisung viel beliebter als die im Kloster.

Ein guter Mensch hat ihm einen Anzug geschenkt. Denn wie der Baronkarl dahergekommen ist, Jacke und Hose zahllose Male geflickt, so hat er ihm erbarmt. Der Baronkarl hat den Anzug probiert. Und hat darin ausgesprochen manierlich gewirkt.

Er hat sich höflich bedankt, hat seine alten Klamotten unter den Arm genommen und ist gegangen. Doch als ihm der edle Spender zwei Tage später wieder begegnet ist, hat der Baronkarl ausgeschaut wie eh und je.

Aber Baronkarl, wo hast denn den schönen Anzug?

Ich hab halt einen getroffen, der war noch ärmer als ich.

Soll ich die Fernkorngasse hinauf gehen oder die Neilreichgasse? Auch die Karmarschgasse käme in Frage, aber die endet an der Inzersdorferstraße, und ich will weiter hinaus. Türken sind da und dort, was ihre Anwesenheit betrifft, hat die Dame aus dem Park recht. Günaydin, sage ich, aber sie schauen mich groß an und geben keine Antwort.

Wie oft bin ich diese Wege als Paul gegangen? Nicht nur am Vormittag zur Schule, sondern auch am Nachmittag zum Fußballspielen. Lange Zeit muteten mich diese Straßenzüge, von denen ich heute manchmal noch träume, ambivalent an. Ein bißchen wie Fremde, aber, eben dadurch, auch ein bißchen wie Heimat.

In bestimmten Bereichen bestimmte Gerüche. Auf dieser Höhe zum Beispiel müssen sie Gurken und Sauerkraut eingelegt haben. Vielleicht wars auch Fisch, da bin ich mir nicht mehr ganz sicher. Weiter oben brachte der Wind den Geruch von WIENERZUCKERLN. Zwischendurch roch es manchmal deutlich nach Pferden. Ja, sagen Martins Eltern, da gab es noch Roßhändler. Jenseits der Quellenstraße wurden die Häuser schon spärlicher. In den Rinnsalen wuchern immer mehr Schliafhanseln.

Was Schliafhanseln sind? Wilde Gerstenähren, die, in den Ärmel gesteckt, infolge des Widerstands der nach unten weisenden Grannen und der Armbewegungen nach oben wandern bzw. schlüpfen, also schliefen. Es gab auch Gräser, in die man eine Schlinge machte, um damit ihr rundes, festes Köpfchen abzuschießen. Wenn er mit dem Rad fuhr und ihm das holprige Pflaster den Dynamo vom Vorderrad rüttelte, setzte sich Paul manchmal ganz einfach an den Randstein. Nicht weil er müde war, aber weil er, schon einmal abgestiegen, gern in die Luft schaute.

Das sollte er heute lieber nicht mehr tun. Erinnerungen an einen Sandler, der, auch schon einige Jahre her, vor einem der letzten Schrebergärten in dieser Gegend auf dem Gehsteig gesessen, oder (oh Gott!) gelegen war, weswegen sich eine empörte Menschengruppe um ihn ansammelte. Eine Funkstreife wurde gerufen, ein Polizist waltete seines Amtes. Er erklärte dem Mann, daß der Gehsteig so heiße, weil er zum Gehen, nicht aber zum Sitzen oder gar Liegen da sei, und versuchte ihn durch erst scherzhaft, verspielt, dann aber bald ernsthaft, ja zornig wirkende Fußtritte aus seiner in sich ruhenden Stellung zu bringen.

Einmal ist ein besserer Herr zum Baronkarl gekommen, der hat schon viel vom Baronkarl gehört gehabt. Wo ist dieser kuriose Mensch, hat er sich erkundigt, der in einer Mülltonne lebt – ich möcht ihn was fragen. Da haben sie ihn zum Baronkarl hingeführt, und der ist gerade aufgekrabbelt, es war zeitig in der Früh. Und der Baronkarl ist dagestanden in seiner Gattehosen und hat sein Gewand ausgebeutelt.

Und der bessere Herr hat die Nase gerümpft und den Baronkarl angeschaut durch seine Brille. Und hat sich geräuspert, damit ihn der Baronkarl überhaupt beachtet. Baronkarl, hat dann der bessere Herr gesagt, aus seinem sauberen Anzug heraus, wie bringen Sie das zusammen? Allerweil in diesem Schmutz leben, Jahr und Tag, wie irgendein Ungeziefer?

SehnS, hat da der Baronkarl geantwortet, ich beutel meinen Dreck ja jeden Tag in der Früh ab. Mein Dreck, hat der Baronkarl geantwortet, ist außen um mich herum, mit dem kenn ich mich aus. Und mein Verhältnis zu Flöhen und Wanzen ist klar. Die leben von mir, aber ich nicht von ihnen.

Sie aber, lieber Herr, in ihrer sauberen Wäsch: Wissen Sie auch, in welchem Dreck Sie leben? KönnenS ihn auch abbeuteln jeden Tag in der Früh? Und sind Sie so sicher wie ich, keine Wanze zu sein?

Ein anderer Herr, mit einer schweren Uhrkette am Bauch, soll den Baronkarl einmal heimgesucht haben. WissenS, Baronkarl, hat er gesagt, Sie sind mir unheimlich sympathisch. Wie Sie das machen, uns alle in Frage stellen in unserer Sattheit. WissenS, Baronkarl, also das find ich ausgesprochen klass.

Bei den Worten mit der Sattheit, den sehr schriftdeutschen, soll er sich auf den Bauch geklopft haben, der Herr. Und die Uhrkette hat gescheppert und das Geld in der Jacke dazu. Man muß aber wissen, daß zu der Zeit so gut wie überhaupt niemand satt war. Außer, wie meistens, ein paar auf Kosten der andern.

Baronkarl, hat er gesagt, jetzt hörenS mich an. Baronkarl, schaunS, ich mach Ihnen einen Vorschlag. Baronkarl, nichtwahr, Sie sind doch ein intelligenter Mensch: Also: Sie können sich was verdienen bei mir.

Und hat dem Baronkarl eine Flasche Wein hingestellt, vom recht alten, vor die Füß. Der Baronkarl ist nämlich auf seiner Kiste gesessen und hat die Füß baumeln lassen. Und der Herr mit der Uhrkette hat gewartet, daß der Baronkarl die Flasche anfaßt. Und der Herr mit der Uhrkette hat gewartet, daß der Baronkarl was sagt.

Doch der Baronkarl hat nur die Füß baumeln lassen und die Sonn angeschaut. Die Sonn geht nämlich sehr schön rot unter im 10. Bezirk. Sie machen, hat der Herr mit der Uhrkette gesagt, was sie sonst auch machen. Aber Sie schreiben darüber: für mein Journal.

Wie er das gesagt hat, ist der Herr mit der Uhrkette zwischen dem Baronkarl und der schönen roten Sonn gestanden. Der Baronkarl aber hat die schöne rote Sonn sehen wollen, wie sie untergeht, und nicht den Herrn mit der Uhrkette. Also hat der Baronkarl durchzuschauen probiert durch den, aber dem sein Vater war kein Glaserer. Da hat ihn der Baronkarl also doch anschauen müssen, aber gesagt: GehnS mir bittschön aus der Sonn!

Sauberer Komplex

Die Hausmeister hängen noch immer hinter den Rasenmähern. Und die Hausfrauen hinter den Staubsaugern, die Fenster sind offen, man hört es. Ein Blick in die Hauswäscherei bestätigt, daß sie nach wie vor frequentiert ist. Nur, daß im Supermarkt vorwiegend Desodorants gestohlen werden, ist vielleicht eine Wahrheit von jener Kategorie, der die Statistik nicht standhält.

Wir wohnen in einem unheimlich saubern Komplex; Papa, was ist ein Komplex, fragt die Tochter. Der Vater wohnt nicht mehr hier; ein Komplex, sagt er, ist eine Wohnhausanlage. Was ein Komplex noch ist, das läßt sich einer fünfjährigen Tochter nicht ganz leicht erklären. Aber die Tochter wird sechs, sieben, acht, das geht schnell, die Tochter wird zwölf, dreizehn, vierzehn, und auf einmal ist sie siebzehn und weiß schon ganz gut, was ein Komplex ist.

Die Grünanlagen sind ein verbotenes Grün, das stört sie jetzt weniger als damals, als sie noch darin spielen wollte. *Es ist verboten, Vater & Mutter zu spielen,* dieser Satz reimt sich nicht auf den vorangegangenen, jedenfalls nicht auf hochdeutsch. Aber das ist ja das Problem der österreichischen Schriftsteller, daß sich unsere Umgangssprache viel schwerer in Literatur umsetzen läßt als die sozusagen westdeutsche. Auch über solche Probleme kann man mit der Tochter inzwischen ganz gut diskutieren.

Das Problem der österreichischen Schriftsteller und Schriftsteller*innen*, sagt die Tochter, wo sie recht hat, hat sie recht. Vielleicht sollte man einer Tochter gegenüber sogar sagen, das Problem der österreichischen Schriftsteller*innen* und Schriftsteller. Der Vater wohnt nicht mehr hier. Der Vater legt Wert auf ein gutes Einvernehmen mit seiner Tochter. Der Vater bringt die Tochter nach Hause. Seit zwölf Jahren tut er das nicht ohne Melancholie.

Der Vater hat dieses Lied geschrieben, da war die Tochter noch klein. Betteln & Hausieren verboten, hierauf reimt sich Lärmen & Musizieren aber ohne weiteres, na bitte. Ja, aber das ist eine Ausnahme, was sich hier reimt sind ja übrigens zwei Zitate aus der bemüht hochdeutschen Amtssprache. Wie gefällt dir das (?): *Es wird gebeten, auf die Kinder Obacht zu geben.*

Diese jahrelange Flucht der österreichischen Schriftsteller ins besonders Artifizielle. Sinniert der Vater. Vor allem das Ausweichen in den Konjunktiv. Hör auf, sagt die Tochter, von Grammatik mag sie nichts hören. Aber das muß einmal gesagt werden. Unsere Wirklichkeitsform ist eine andere.

Wir schreiben ja fast eine Fremdsprache, sagt der Vater. Das betrifft nicht nur gewisse Eigenheiten der Wortwahl, der Syntax, das betrifft vor allem den Gebrauch des Imperfekts. Kein Mensch redet bei uns in der Mitvergangenheit. Wenn ich, zum Beispiel im Fernsehen, Dialoge höre, in denen sich, sagen wir, zwei junge Leute, ein Liebespaar auf einer der letzten noch unverbauten Gstätten hier in Favoriten, im Imperfekt und im Konjunktiv miteinander unterhalten (Sie: *Du sagtest aber, du würdest mich immer lieben.* Er: *Damals wußte ich noch nicht, daß man soetwas nie sagen soll.*), also wenn ich solche für unsere Ohren ganz falsch klingenden Dialoge höre, dann zieht es mir die Schuh aus.

Apropos Schuh, sagt die Tochter, ich könnte neue Schuhe brauchen. Naja, sagt der Vater, froh über den Vorwand, dann treffen wir uns halt nächste Woche und gehn Schuh kaufen. Ja fein, sagt die Tochter, ich ruf dich an, bis dann. Und drückt auf den Klingelknopf an der Gegensprechanlage.

Demnächst lassen wir uns eine Gegensprechanlage machen, hat der Vater damals gedichtet, da hat es noch Häuser (Komplexe) ohne gegeben. *Über hausfremde Elemente wird ständig geklagt*, inzwischen ist er selber ein solches. *Es ist verboten, in der Wohnhausanlage zu lachen*, ah da schau her, das reimt sich auf hochdeutsch auch. *In der Wohnhausanlage zu weinen ist streng untersagt.*

Wohin jetzt? Ich weiß nicht. Die Troststraße ist auch kein Trost. Sie ist nach einem Fleischhauer benannt, der als erster Vertreter des 10. Bezirks in den Wiener Gemeinderat gewählt wurde, aber das tröstet wenig. Entschieden noch weniger tröstet die Trostkaserne. Der junge Mann, der am Tor Wache schieben muß, sieht unter seinem Helm noch genauso trostlos drein wie vor fünfzehn, zwanzig, dreißig, vierzig Jahren, er hat sich kaum verändert. Autowerkstätten, schon wieder alt werdende Neubauten, nichts was einen Exilfavoritner anheimelt. Kein Lokal weit und breit, in dem er eine Rast einlegen und sein Herz mit einem halbwegs genießbaren Achtel Wein erwärmen könnte. Wie wieder herausfinden aus dieser gesichts- und geschichtslosen Einöde? Graffgasse, Zohmanngasse. An diese Gassen kann ich mich nicht erinnern.

Die Rettung ist Herr E. Herr E. kommt vom Rudolfshügel. Der Rudolfshügel war dort, wo sich die Herzgasse und die Neilreichgasse gute Nacht sagen. Jetzt ist er noch immer dort, aber natürlich hat sich auch diese Gegend verändert. Früher hat es hier jede Menge Gasthäuser gegeben, jetzt gibt es nur noch einen Chinesen mit dem schönen Namen GEDEIHEN und die vor allem von alten Tanten frequentierte Café-Konditorei GROISSBÖCK.

Als Bub sagt Herr E., ist er jeden Sonntag hierher gekommen. Da war nämlich das wöchentliche Familientreffen, seine Verwandtschaft hat sich viel zu erzählen gehabt. Hinter dem Haus war eine Wiese, da haben sie ein paar Ziegel aufeinander gestapelt und sich drauf gesetzt. Und dann haben sie geredet und geredet, und er, der leider nicht zweisprachig erzogen wurde, was er seiner Mamma noch heute zum Vorwurf macht, hat kein Wort verstanden. *Tschechisches Parlament* haben er und sein Bruder dieses Palaver unter sich genannt. Es war schon irgendwie beeindruckend, vor allem die vielen Frauen mit den schwarzen Kopftüchern und den bunten Schürzen haben ihm gefallen. Sie haben den heutigen Zuwanderinnen recht ähnlich gesehen. Die Leute, die heute auf diese schimpfen, sollen sich gefälligst an jene erinnern – das waren ihre Großmütter.

Wir sitzen beim Groissböck, weil der Chinese zu hat, Herr E. erzählt. Früher oder später sei es seinem Bruder und ihm in der Böhmischen Stammesversammlung aber doch fad geworden, nicht zuletzt aus taktischen Gründen. Dann habe ihnen nämlich ein Onkel ein paar Schillinge zugesteckt, und sie seien zur EIERWIRTIN hinunter gelaufen. Dort habe es jeden Sonntag Vormittag eine Kinovorführung gegeben – Charly Chaplin, Buster Keaton, Stan Laurel & Oliver Hardy, sagt Herr E., die habe er alle zum ersten Mal dort gesehen.

Damals verbrachte Paul jeden Nachmittag zwei bis drei Stunden auf der OGROLLIWIESE. Warum die so hieß? Manche sagten, es habe früher einen Greißler dieses Namens gegeben. In seinem am Rand der weitläufigen Wiese gelegenen Geschäft habe man Kracherln und Brezeln bekommen. Aber zu Pauls Zeiten war von diesem Ogrolli-Greißler leider keine Spur mehr. Der Name Ogrolliwiese geriet in diesen Jahren übrigens auch außer Kurs. In der nur wenige hundert Meter entfernten Trostkaserne waren sowjetische Soldaten stationiert. Die kamen, fremd klingende Lieder singend, Arme und Beine schwingend, manchmal anmarschiert und nahmen die Ogrolliwiese in Beschlag. Nein, man kann eigentlich nicht sagen, daß sie die Wiese direkt in Beschlag nahmen, aber die Einheimischen fanden es besser, beim so sinnfälligen Erscheinen der Besatzungsmacht das Feld zu räumen.

Das Feld war ein holpriges. Jedenfalls als Fußballfeld. Wenn wir es räumten, so mußten wir rasch unsere Hemden und Hosen holen, die wir als Torstangen verwendeten. Die Russen lachten, wenn sie uns rennen sahen. Um Fußball zu spielen, zogen sie zwar ihre Stiefel aus, aber sie schossen, rauh klingende Schreie ausstoßend, auch mit bloßen und, wie Paul schien, meist ungewöhnlich großen Füßen, sehr scharf.

So hieß die Ogrolliwiese auch Russenwiese. Und – da das kollektive Bewußtsein eine lange Leitung hat – hieß sie erst recht und so recht erst dann Russenwiese, als die Russen bereits daheim waren. Paul tat es fast leid um sie, ihre scharfen, wenn auch wenig gezielten Schüsse hatten ihm imponiert. Derart scharfe Schüsse waren etwas, das er nie zustande brachte. Sein Cousin hingegen, der zwei Jahre ältere Robert, der am Rand der Russenwiese wohnte, gefiel sich als Bomber. Seit die Russen weg waren, war keiner da, der seine Bomberqualitäten relativierte. Wenn er zu einer Bombe ansetzte, holte er tief Luft, wobei er die Backen aufblies und den Kopf senkte wie ein Stier. Er war breit, Paul war damals noch schmal, er war stark, Paul war damals noch schwach, und zu allem Überfluß hatte der große Cousin Spaß daran, dem kleinen Cousin gegenüber den Männlichen hervorzukehren.

Heute hast du wieder gespielt wie ein Mädchen. Nun, Paul hatte nichts gegen Mädchen, außer daß sie ihm schon in frühen Jahren abgingen, aber der Vergleich war trotzdem ehrenrührig. Manchmal kamen zwei vorbei, die hießen Fliederbusch und Ahornblatt oder so ähnlich und sahen den Ogrolliwiesen-Fußballern beim Kicken zu. Vermutlich hießen sie nicht wirklich Fliederbusch und Ahornblatt, sondern wohnten im unweiten Flieder- bzw. Ahornhof und hatten daher diese Spitznamen.

Pauls Cousin, in seiner dezenten Art, nannte sie Gummibaum und Feigenblatt. Aber er war nur neidig, daß sie ihre Aufmerksamkeit nicht auf ihn richteten, sondern auf den Stoppel-Rudi, der, weil er etwas zu dick war, prinzipiell im Tor stand. Er war trotzdem ein ganz guter Tormann, solange seine beiden Musen nicht erschienen. Sie inspirierten offenbar zu etwas anderem als zum Fußballspielen, denn kaum standen sie hinter seinem Tor, hechtete der Stoppel-Rudi prompt in die falsche Ecke, wenn ihn ein Ball anflog. Robert sagte, sie seien nur geil nichts als geil. In den Bunkern an der Böschung zur Raxstraße würden sie sich von jedem für eine Packung Kaugummi vernaschen lassen. Wirklich waren sie eifrige Kaugummikauerinnen, aus ihren Mündern wuchsen manchmal erstaunlich große, rosige Blasen, die sie dann spektakulär zerplatzen ließen. Robert behauptete, sie am Abend schon öfter in der Nähe der Bunker gesehen zu haben, weil sie dort auf Freier warteten.

Eines Abends war Paul, mit mehreren Packungen Bazooka-Kaugummi ausgerüstet, dort. Es waren nur zwei Bunker in der Böschung zur Raxstraße und einer in der Nähe der Trostkaserne, in die man noch hineinkonnte. Zwischen denen pendelte er von dreiviertelacht bis viertelzehn, Ahörnchen und Behörnchen oder wie sie hießen, erschienen nicht. Er wäre vielleicht noch länger gependelt, aber gegen viertelzehn sprach ihn ein leicht schwankender, älterer Mann an, der etwas schwerzüngig, aber beharrlich behauptete, in aller Herren Länder außer in Amerika gewesen zu sein, weswegen ihm nichts Menschliches fremd sei, da ergriff der so Angesprochene, obwohl ihm der Mann nicht unsympathisch war, die Flucht.

Und dann hinunter in die Wienerberggründe! Wo die Stadt, gegens Ziegelwerk zu, einfach abbrach, stand Paul immer an einer Meeresküste. Zwar hatte ihm sein Klassenvorstand anläßlich eines Lehrausgangs auszureden versucht, daß die Küste unmittelbar hier verlaufen sei. Aber Paul glaubte ihm nicht – im Wind, der da blies, wurde ihm genauso heim- & fernweh zumut wie später, als er, etwas weiter im Süden, das erste Mal an den Klippen eines wirklichen Meers stand und ins Elementare blickte.

Küste oder nicht Küste: ein anscheinend ausgesüßtes Meer hatte hier eine Menge Lehm hinterlassen. Eine Untiefe aus Tegel, hatte der Lehrer, prosaisch wie er war, gesagt, und darauf eine Sandbank. Und dann kamen Eiszeiten und Zwischeneiszeiten und Schmelzwässer und Flüsse. Und irgendwann einmal hatte der Wind Löß über alles das drüber geweht, aber die Menschen, die es inzwischen (wahrscheinlich aus ähnlichem Lehm geschaffen) auch gab, hatten, schon aus Sehnsucht nach den Ursprüngen, in die Tiefe gegraben, und das war der Anfang der Ziegelproduktion.

Nein, Paul wußte nicht mehr genau, was der Lehrer erzählt und was sich er, poetisch angehaucht, zusammengereimt hatte. Es zog ihn nur immer wieder hin an die Wienerbergküste. Auch mich zieht es wieder hin, vom Stephan Fadinger Platz kommend bleibe ich Paul auf der Spur. Und gleich wird sich der Blick öffnen, und gleich werde ich jene Wildostfilmlandschaft wiedersehen, aber fast hätte ich die Schrebergärten vergessen.

Natürlich, zwischen der sog. Rasenstadt und dem Ziegelwerksabbruch waren ja noch die Schrebergärten! KLEINGARTENVEREIN AM LINDKOGEL: Ein im Lauf der Zeit ad absurdum gepflegtes Schrebergartenensemble. Stoppelglatziger Rasen, jedes auch noch so kleine Löwenzähnchen extrahiert. Kein Laut, keine Bewegung, bis auf die mit entschieden verneinender Gebärde lispelnde Rasensprenganlage.

Das war einmal urgemütlich, behauptet Paul. Ja, Paprikaspeck und Most, erinnere ich mich, Rundumgesänge (Blümlein blau). Hier wohnten Illyrer, die um 500 v. Chr. von den Kelten verdrängt wurden. Auf diese Kelten stießen vor rund zweitausend Jahren die Römer.

Sagte der Klassenvorstand. Die handelspolitische Bedeutung des römischen Wien stützte sich auf die intensive Ziegelproduktion im vindobonensischen Raum. Bei der Begehung durch Herrn F., Fernmeldebauamt, wurde festgestellt, daß einige Gartenbesitzer noch immer nicht das Telephonkabel im dafür vorgesehenen Plastiksack spatentief eingegraben haben. Die keltischen Bojer, die damals hier siedelten, mußten sich den römischen Lebensformen schon deswegen anpassen, weil für sie als Handelsleute die Zusammenarbeit mit den Römern unabdingbar war. Beachten Sie folgende Zeiten: Müllabgabe Montag bis Freitag 7 bis 12 und 14 bis 19 Uhr (ausgenommen Feiertage), Tor immer zusperren, Parken nur für Berechtigte.

ERHOLUNGSGEBIET WIENERBERG. Früher war dieser Abstieg ein Abenteuer, jetzt ist er ein Spaziergang.

Damals waren da Abbrüche, ja doch, Abgründe. Die Wienerbergabgründe. Ein Steilrand von 30 Metern Tiefe hindert uns am Weitergehen. Die Lehmwand ist abgegraben und fällt 70 Grad steil in drei Absätzen zur Bausohle ab.

Eine erstaunliche Weite unter dem Himmel. Die Bagger sehr klein und gedämpft summend, wie lehmfressende Insekten. Diese Terrassenlandschaft! Die Ziegelteiche. Und dahinter, manchmal im Abendlicht schon mehr als ziegelrot, violett beinah, die alten, auch in jenen Jahren schon größtenteils stillgelegten Ziegelwerksgebäude.

Jetzt gibt es gepflegte Wege und Bänke zum Ausruhen. *Scheißneger*, steht in den Tisch eingeritzt. *White Supremacy*. Auch hier die Geräuschkulisse der Autobahntangente. Trotzdem trällern die Lerchen. Und die Falken stehen stoisch über den Abfalltonnen.

Das Hinabsteigen ins Tegelabbaugelände wird durch eingetretende Stufen ermöglicht. Achtet auf den Wechsel der Ablagerungen, sagte der Klassenvorstand, ihr sollt später darüber schreiben können. Ackererde, Schotter, gelber Lehm, dann eine Sandschicht, dann blauer Tegel. Dieser geht noch 240 Meter in die Tiefe und bildet das wertvolle Material zur Ziegel- und Tonwarenerzeugung.

Ja, genau, die verschiedenen Schichten der Gegend! Paul versuchte später darüber zu schreiben, ich versuche es noch immer. An Versteinerungen findet man kreidig weiße Schalen der Muschel Congeria subglobosa (apfelgroß) ebenso der Congeria spathulata (kleinfingerlang, zugespitzt) und der Schwarzaugschnecke Melanopsis Martiniana. Außerdem schließt der pontische Tegel Gehörsknöchelchen und Wirbelsäulen von Fischen ein (z.B. von Heringen und Dorschen).

BETRETEN VERBOTEN, LEBENSGEFAHR – solche Schilder haben mich immer verlockt. Schon wahr, daß die Schuhe immer schwerer wurden, einmal hat es mir einen, der nicht fest genug gesessen ist, verschluckt. Weg war er. Also schön. Zog ich halt den anderen auch noch aus. Zwischen den Zehen spürte sich der Lehm an wie etwas Lebendiges.

Das Baden in den Ziegelteichen ist verboten und hat schon genug Opfer gefordert. Man rutscht nämlich, sagte der Klassenvorstand, auf dem schlüpfrigen Tegel leicht in eine Grube und kann sich aus dem dort angehäuften Schlamm nicht mehr befreien. Sie beherbergen Unterwasserpflanzen: Tausendblatt, Wasserpest, Wasserhahnenfuß, Tannenwedel, Laichkraut und Schraubenalge. Die häufigsten Seichtwasserpflanzen sind Schilf, Teichbinse, Rohr- und Igelkolben, Wasserviole, Wasserschwertlilie, Sumpfschachtelhalm, Sumpfvergißmeinicht, Gnadenkraut und Zweizahn.

Die Ziegelteiche hier hießen BÄRENLOCH, FLEISCHBERGEL, HERBSTSTRASSE und TRIESTER. Nicht etwa Triester-Lacke oder so, sondern exakt *die* Triester. Das wußte Pauls Klassenvorstand natürlich nicht, das weiß ich vom Pezl. Wer ist der Pezl? Ein philosophierender Fischer. Oder ein fischender Philosoph.

Die Teiche beherbergen viele Tiere: Karausche, Bitterling, Laube, Karpfen, Hecht, Schlammbeißer, Flußkrebs, Teich- und Kammolch, Unke, Wasserfrosch. Darüber hinaus Schwimm- und Wasserkäfer, Rückenschwimmer, Wasserskorpion, Stabwanze, Wasserspinne, Wasserläufer, Schlamm-, Sumpf-, Tellerschnecke und Blutegel. Im Röhricht hört man den Rohrsänger rufen, ferner leben das Sumpfhuhn und die Wildente darin. Am Ufer treiben sich herum: von Libellen die Drachenfliege, der Plattbauch, das Otterköpfchen, die Breitschienen-, ferner die Schön- und Schlankjungfer, von anderen Insekten die Frühlings-, Köcher- und Eintagsfliege; von Wirbeltieren die Ringelnatter, Blindschleiche, Eidechse, Erd- und Wechselkröte.

Naja, sagt der Pezl, ganz so reichhaltig haben wirs nicht mehr. Auch die Teiche existieren nicht mehr in ihrer ursprünglichen Vierfalt, in unserer Zivilisation besteht eine notorische Tendenz zur Zentralisierung und Nivellierung. Aber gefischt wird noch immer, natürlich, was glaubst du. ARBEITERFISCHEREIVERBAND. Die Fischkarte, die dich dazu berechtigt, hier unten zu fischen, gehört zu den allerbegehrtesten. Was meinst du, wie schwer es ist, diese Karte zu kriegen. Wir sind zweihundertfünfzig, nicht mehr, davon zehn regelmäßige Altspatzen. Die halten zusammen. Schwarzfischer haben keine Chance. Nur gegen die Skinheads ist ihnen noch nichts Probates eingefallen.

Nicht, daß sich die Fischer so leicht aus der Ruhe bringen lassen, die sind ausgeglichene Menschen. Auch wenn die Skins zu provozieren versuchen und Nazilieder singen. Das gehört, sagt der Pezl, für die halt dazu. Wie die Lederkluft oder der Military-Look oder die Totenkopfembleme. *Es zittern die morschen Knochen,* singen die Skinheads. Aus dem Wrba-Hof kommen die, aus der Otto Probst-Siedlung, aus dieser ganzen schönen, neuen Welt ultimativer Gemeindebauten. Er glaubt aber nicht, daß sie solche Lieder singen, weil sie sich damit positiv identifizieren. Sondern? Sondern, sagte er, weil sie die totale Negation sind.

Die totale Negation? Ja, die totale Negation all dessen, was ihnen auf den Arsch geht. Seine Neigung zur Philosophie hindert den Pezl nicht daran, die Dinge beim Namen zu nennen. Die meisten Jugendlichen da unten, sagt er, sind Schlüsselkinder. Sie hängen herum, ihre Umwelt, so gut sie von denen, die sie entworfen haben, vielleicht gemeint war, ist lähmend fad – was sollen sie anfangen?

Aufs Moped oder sonst ein heißes Eisen zu steigen und das Unbehagen, die vage Wut, die sie im Bauch haben, in lautknatternden Fürzen auf die Welt abzulassen, das ist eine Möglichkeit. Auch ist es ein gutes Gefühl, der öden Wirklichkeit vorübergehend davonzufahren – aber wohin? Rodeo reiten auf dem Hügel überm Altersheim, und wenn die verwesenden Omas unten im Bett der Schlag trifft, schon, das kann Spaß machen. Aber auch das hat seine Grenzen, das heißt, es geht immer im Kreis, und wer weiß, wie bald man ihnen auch diesen Hügel abträgt. Was sonst können sie anfangen? Sie gehn in die Schule, sie gehn in die Lehre,

Coca-Cola
Es spielt für SIE!!!
unser „Entertainer"
FREDI
MAMA GEH
BITTE SCHAU
KAISER BIER
Jeden Donnerstag:
Schnitzeltag

LANGOS 17.- Puffer 17.- Pommes 17.-
Eskimo
Cornetto
Budweiser
Budvar
VOM FASS
IMPORTIERT DURCH KOLARIK & BUBEN WIEN
LANGOŠ

KAISER
BIER

KAISER
BIER

wozu? Damit sie werden wie ihre Alten? Feine Perspektive! Stimmt, vielleicht haben sie noch nie so viel geboten bekommen wie heute. Aber, sagt der Pezl, das ist trotzdem kein Angebot. Arbeitswelt: Freizeitwelt: Bitte was soll der Quatsch? Nach getanem Tagwerk ins NACHTWERK und sich den letzten Rest Hirn zu Käs hiphoppen? Da kommt dir das Cola hoch, schal, und alles Unverdaute. Und manches läßt sich gar nicht verdauen, manches bleibt dir als großer Klumpen ungeschissener Scheiße im Magen liegen.

So ist es doch, ist es so? möchte der Pezl die Skins fragen. Aber wenn er mit ihnen reden will, kommt nichts dabei raus, sagt er, nicht einmal ein Wickel. Vielleicht haben sie einfach Angst, sagt er, sehr klein zu sein, drum tun sie so groß. Er denkt darüber nach. Zu einem endgültigen Ergebnis ist er noch nicht gekommen. Aber beim Fischen hat er viel Zeit zum Nachdenken.

Wie der Baronkarl an die Ziegelteiche gekommen sei. (Nach einer Tonbandaufnahme:) Als ich ein kleines Mädel war, bin ich nicht viel in die Schul gegangen. Besonders im Sommer, wenn das Wetter schön war. Ah was, komm, haben die Buben gesagt, gehen wir hinunter an den Ziegelteich. Ja also, was soll ich Ihnen sagen, da hab ich nicht lang überlegen müssen. Schon sind wir in die Neilreichgasse hinauf und denn Brunnweg hinunter. Und da haben wir oft den Baronkarl überholt, der in derselben Richtung unterwegs war. Manchmal haben wir ihn ein bissel sekkiert, da ist er uns nachgerannt.

Immer bloßfüßig sei er gegangen – die alte Dame, die das erzählt, erinnert sich des Baronkarls nur bloßfüßig. Aber wie schnell er gelaufen sei mit seinen bloßen Füßen! Seine Sohlen müssen aus Leder gewesen sein, kein spitzer Stein habe ihn bremsen können. Er sei den Kindern nachgerannt, aber unversehens hätten sich die Positionen vertauscht, und er sei ihnen vorausgerannt.

Je näher sie dem Teich gekommen seien, desto schneller sei der Baronkarl geworden. Sobald sie dort angekommen seien, sei er schon, Füße im Wasser, Augen genüßlich geschlossen, am Ufer gesessen. Wie er die Augen so zugekniffen und gelächelt habe, habe er ausgesehen wie ein Chineser. Ich bin heute achtzig, sagt die alte Dame, und damals war ich acht, aber dieses Bild werd ich, auch wenn ich den Hunderter schaff, nicht vergessen.

Und die Buben hätten Krebse gefangen und ein Feuer gemacht und die Krebse in einem Kanister über dem Feuer gesotten. Und wenn die Krebse dann rot gewesen seien, hätten sie die Krebsbeine geknackt und das weiße Fleisch herausgedrückt. Baronkarl, willst auch? hätten sie gefragt, aber der Baronkarl habe den Kopf geschüttelt. Nicht, daß ich was gegen Krebse hab, habe er gesagt, aber ich hab heute meinen Gemüsetag.

Einmal, als sie an den Ziegelteich gekommen seien, habe man gerade einen jungen, blonden Burschen aus dem Wasser gezogen. Sein Kopf sei heruntergehangen und die Haare hätten getropft und man habe ihm nicht mehr helfen können. Und es sei eine Decke über ihn gebreitet worden, obwohl es sehr heiß war. So schnell geht das, habe der Baronkarl gesagt, und dann habe er etwas gemurmelt, als ob er gebetet hätte, aber vielleicht war das auch ein Zauberspruch.

Die Ziegelwerksbauten haben sie weggerissen. Es wird nicht allzuviele Leute geben, die verstehen, warum sie mir abgehen. Was will ich? Jetzt stehen dort Neubauten, direkt niedlich. In optimistischen Farben gestrichene Balkons, noch völlig intakte Kinderspielgeräte. Sandkisten.

FREUNDLICHE WOHNUNGSANLAGEN, GLÜCKLICHE MENSCHEN. Die Kinder, die hier spielen (sind es kroatische oder serbische, ich habe den Unterschied nicht im Ohr) machen tatsächlich einen fröhlichen Eindruck. Ich weiß, es können auch slowenische, bosnische, montenegrinische oder mazedonische sein. Na, jedenfalls keine hiesigen, murrt die Volksseele.

Womöglich stammen sie aus der Wojwodina oder gar aus dem Kosowo. Hören Sie auf, keift die Volksseele, das ist doch alles dieselbe Packelraß. Daheim nichts zustand bringen, aber dann zu uns herkommen und sich ins gemachte Nest setzen. Mein Bub wartet seit dreißig Jahren auf eine Gemeindewohnung und kriegt keine.

Rumänen können es kaum sein, für die haben wir rechtzeitig die Grenze geschlossen. Man sollte sie auch für alle anderen schließen. Das sind ja keine richtigen

Flüchtlinge, die wollen nur, daß es ihnen besser geht. Natürlich wollen wir auch, daß es uns besser geht, immer besser soll es uns gehen, jedes Jahr um einige Kilo besser, aber das ist was anderes.

Was anderes, ja. Von den weggerissenen Ziegelwerksbauten wollt ich erzählen. Paul ging oft hierher. Für ihn hatte das alte Ziegelwerksgelände etwas magisch Anziehendes. Von der Neilreichgasse, deren unterer Teil damals noch Brunnweg hieß, gab es einen von außen kaum merkbaren Zugang. Eine schmale, schräge Zeile zwischen von rostigem Draht und verwildertem Heckenlaub überwachsenen Plankenzäunen.

Dahinter zwei große, rote Rohziegelhäuser. In den 80er-Jahren des vorigen Jahrhunderts waren die für die Ziegelarbeiter erbaut worden. In den 60er-Jahren *dieses* Jahrhunderts waren sie noch bewohnt. Aber bis dahin hatte alles eine geradezu dornröschenhafte Atmosphäre.

Wie um die Jahrhundertwende – wie um die Jahrhundertwende eingeschlafen.

Es war auch immer außergewöhnlich still hier.

Manchmal sah Paul Leute – ich erinnere mich deutlich an eine Frau mit blauem Kopftuch, die (zwischen den beiden Häusern wuchs einfach Wiese) von einer quer gespannten Leine Wäsche abnahm.

Aber er getraute sich nie, jemanden anzusprechen, weniger wegen seiner Schüchternheit, die er allmählich abstreifte, als aus dem Gefühl einer gewissen Pietät heraus, einer Scheu, die Schlafenden zu wecken.

Endlich die verfallende Fabrik: zu der hatte Paul ein ganz eigenartiges Verhältnis. Gleise führten hin, auf denen war seit Jahrzehnten nichts mehr gefahren. Es gab ein Blechtor, rostig, verschlossen, dahinter (durch einen Spalt zu sehen) war ein Brennofen. Spuren im roten Schotter. Vielleicht spukten hier die Gespenster der Ziegelböhmen.

Die Wienerberger Ziegelfabrik- und Baugesellschaft zahlt ihren Aktionären recht fette Dividenden. Ihre Aktien, die mit 120 Gulden eingezahlt sind, haben im letzten Jahre nicht weniger als 14 Gulden, das sind 11,7 Prozent, getragen. Bei 35.000 Aktien macht das die hübsche Summe von 490.000 Gulden, welche da ins Verdienen gebracht wurden. Der Reingewinn kommt bekanntlich durch das harmonische Zusammenwirken von „Kapital und Arbeit" zustande. Die Tätigkeit des Kapitals haben wir geschildert, es hat sich die Mühe genommen, die Coupons abzuschneiden und für diese schwere Arbeit je 14 Gulden einzukassieren. So ist das Kapital doch Entbehrungslohn; gewiß, das Kapital bildet sich aus jenem Lohn, welchen die Arbeiter entbehren! Hören wir nun, wie der andere Teil, wie die Arbeiter dieser reichen glänzenden Aktiengesellschaft leben. Nun denn, diese armen Ziegelarbeiter sind die ärmsten Sklaven, welche die Sonne bescheint.

Schreibt Viktor Adler. Hat Viktor Adler geschrieben.

Na und? sagt der Zeitgeist. Was sollen wir damit anfangen?

Solche Geschichten sind *out*. Solche Auseinandersetzungen sind nicht *cool*.

Mann, du nervst uns. Ebensogut könntest du uns etwas übers Mittelalter erzählen.

Trucksystem, Blechwirtschaft, Abhängigkeit der Arbeiter vom Kapital, Mensch, wie sich das schon anhört! *Die Schlafsäle sind eine neue Errungenschaft. Bis vor kurzer Zeit schliefen alle ledigen Arbeiter im und auf dem Ringofen. Schlafen sie darüber, so überweht sie von oben die kalte Nachtluft, während die unten halb gebraten werden von den heißen Abzügen des Feuers.*

Bitte was soll das? Das sind doch Schauergeschichten!

Das ist doch schwärzeste Sozialistenromantik!

Pfui gack, sagt der Zeitgeist. Alter, mit solchen Geschichten wirst du kein Leiberl reißen.

Aber wenn dich soziales Elend antörnt, kannst du ja in die 3. Welt gehn.

Paul stieg durchs Fenster, auch wenn er sich dabei manchmal Hemd und Haut ritzte. Der Boden drin war mit Schutt und Gerümpel bedeckt, öligen Fetzen und alten Zeitungen. Aber darüber war die Stimmung beinah wie in einer Kirche. Ein schräges Licht fiel durch die zerbrochenen Fensterscheiben, in dem der Staub tanzte.

Paul hatte Viktor Adler damals auch nicht gelesen. Allerdings hatte er von jenem Artikel über die Lage der

Ziegelarbeiter gehört, er lag durchaus im Bereich seiner Assoziationen. Diese Assoziationen interferierten jedoch mit anderen, ja ich muß sagen, sie wurden von diesen anderen überlagert. Pauls schöne Ruinenkindheit, abenteuerliche Örtlichkeiten, an denen er sich mit Elfi, dem Hausmeistermädchen, versteckt hatte, ein verlorenes Paradies mit einem fast wunschlos glücklichen Sexualleben.

Eine Matratze fand Paul, daneben eine Sardinenbüchse als Aschenbecher. Vieles deutete darauf hin, daß hier ab und zu jemand übernachtete. Er entzifferte Inschriften und bewunderte Zeichnungen an den Wänden. Hie und da raschelte es hinter ihm, aber das waren nur Ratten.

In den Stock hinauf zu gehen war immer eine Art russisches Roulette, weil die Treppe einen deutlichen Sprung hatte. Doch Paul besaß damals noch beides: den Fatalismus der Pubertierenden und den Schutzengel der Kinder. Im Oberstock gab es sogar ein richtiges Feldbett. Da phantasierte er sich manchmal ein Mädchen darauf, das er noch nie zuvor gesehen hatte, aber wenn es seinen Namen nannte, wenn er es berührte, roch und schmeckte, kam es ihm frappant bekannt vor.

Eines Tages entdeckte er eine Metalleiter, die aus einem schmalen Lichtschacht hinauf aufs Dach führte. Von da an schien ihm dort oben zu stehen und sich vom Wind frisieren zu lassen das absolut Höchste. Das heißt: Genaugenommen konnte man noch etwas höher hinaus. Die Leiter hatte eine durch Blechspangen gesicherte Fortsetzung, auf der sich der Schlot ersteigen ließ, aber so hoch oben zu hängen und in die Runde zu schauen: vom Colawerk an der Triesterstraße über den Wasserturm und die Berg Karmel-Kirche bis (wenn er den Hals sehr verdrehte, schaffte er diesen Winkel gerade) zum Laaerbergbad und ausgerechnet zum Inzersdorfer Friedhof, das war doch einigermaßen schwindelerregend, und er zog es meist vor, bald wieder aufs Dach zurückzukehren, um zu notieren, was ihm oben eingefallen war.

Pauls Aufriß

Das war im Laaerbergbad. Auf einmal saßen sie neben dem Mädchen auf der Pritsche. Das wäre nicht außergewöhnlich gewesen. Außergewöhnlich war bloß, daß das Mädchen sitzen blieb. Ihre Annäherungsversuche gediehen normalerweise nur sehr kurz. Kaum hatten sie begonnen, endeten sie damit, daß sich das Objekt ihrer Begierde halb verächtlichen, halb gelangweilten Blicks erhob und, mit raschem, routiniertem Griff den Bikiniunterteil über den Hinterbacken straff ziehend, einfach davon ging. Natürlich konnte man solchen Mädchen nachgehen. Aber erfahrungsgemäß kam nicht viel dabei heraus, wenn man sie im Rudel begleitete. Neun von zehn reagierten auf keine noch so witzige Bemerkung, gingen hocherhobenen Haupts und würdigten keinen ihrer potentiellen Verehrer auch nur eines Blicks. Neun von zehn sagten kein Wort, und wenn sie doch eines sagten, war es ein ordinäres.

Das war die Lage. Erfahrungsgemäß hatte dieses rudelweise Agieren noch nie zu einem befriedigenden Ergebnis geführt. Vier oder fünf einzeln betrachtet ganz intelligente Burschen konnten miteinander, zumindest in solchen Situationen, derart blöd sein, daß es – auch die Mädchen hatten ja gewiß ihre Erfahrungen – bestimmt besser war, die volle Entfaltung ihres Witzes gar nicht abzuwarten. Paul war ein einfühlsamer Typ, Paul konnte sich durchaus in die Lage der Mädchen versetzen, Paul wollte nach der Matura Psychologie studieren. Aber im Augenblick half ihm das auch nicht weiter.

Denn solo gelang ihm mit den Mädchen erst recht nichts. Wie oft hatte er eine gesehen, die ihm gefallen hätte, wie oft hatte er sie in der Phantasie angesprochen, aber in der Realität brachte er keinen vernünftigen Satz heraus. Einmal war er einer, die er beim Tauchen im Sportbecken wie von ungefähr gestreift hatte (zweimal, dreimal, viermal wie von ungefähr), und sie hatte das anscheinend nicht unangenehm gefunden (zumindest war sie nicht davongeschwommen), nach Badeschluß durch den halben Bezirk nachgerannt und hatte sie dann, sich ein (wenn auch stark klopfendes) Herz fassend, nach einer Gasse gefragt. Es war die Gasse, in der er selbst wohnte, sie gab ihm die Auskunft in Erwartung der Dinge, die da kommen sollten, aber da kam nichts mehr, er bedankte sich stotternd und entwich errötend.

Zu Hause tröstete er sich mit Brigitte Bardot. Die vögeln und sterben, schwärmte der in der Schule schräg hinter ihm sitzende Wolf Ede. So idealistisch war ihm zwar nicht zumut. Doch stahl er sämtliche Bilder von ihr aus den Zeitschriften beim Zahnarzt und ihr Starschnitt (aus der Illustrierten BRAVO) hing, trotz ständiger mütterlicher Vorhaltungen, in garantiert zentimetergenauer Lebensgröße über Pauls jungmännlichem Bett. Mucki, der Biologielehrer, predigte wider die Onanie. Aber der war schon jenseits von gut & böse und hatte leicht predigen. Und wenn ich (d. h. Paul) mit siebenundzwanzig an Rückenmarkschwund zugrunde gehen mußte, na bitte. Das hatten sie dann davon! Wir waren siebzehn und hatten noch immer mit keiner Frau geschlafen.

Wahrscheinlich ging es den Herrn Kollegen ähnlich. Obwohl sie vor und nach der Schule deftig angaben, aber das tat Paul auch. Saßen sie an langen, trauriglustigen Samstagabenden beim Wirten, so kam, wenn der oder jener vergaß, was er sonst über sich und die Mädchen behauptete, ein Stück traurige Wahrheit zutage. Das ertränkte man rasch in Alkohol; auf dem Heimweg, auf dem man sich enthemmt gab, wurde Franzi, den sie den Putto nannten, manchmal scheu gestreichelt.

Nun aber saßen sie, ihrer fünf, auf der Pritsche, und das Mädchen, das kurz zuvor noch allein darauf gelegen war, lag überraschenderweise noch immer. Sie rückten ihr an den etwas zu weiten Bikini. Wie geht denn das auf? fragte Toni, der Vorzugsschüler. Er meinte den Verschluß des Bikinioberteils und versuchte, ohne eine Antwort auf diese rhetorische Frage abzuwarten, mit ebenso frechen wie ungeschickten Fingern die Bänder aufzuschnüren. Und das da? fragten Ede und Karlo der Kater. Was geschieht, wenn man das da hinunterzieht? Sie zupften ihr dumm bis dreist am Hosengummi. Dann bekommt man, sagte das Mädchen, eine gepickt.

Diese gefährliche Drohung klang nicht sehr ernst. Sie wurde auch mit Gelächter quittiert – wenn fünf gerade der Pubertät entwachsende Burschen im Quintett lachen, kann das schlimm klingen. Aber halt, es war ja nur ein Gelächter im Quartett! Paul, der einen Blick des sich umdrehenden, aufsetzenden Mädchens empfangen und erwidert hatte, lachte nämlich nicht. Sie hatte ihn angesehen, und er hatte zurückgeschaut. Irgend etwas hatte sie im Spiegelhintergrund seiner Augen gesehen, was sie in den Augen der anderen nicht sah. Das ist die paulfreundliche Interpretation, vielleicht war es nur Zufall, daß sie gerade ihm in die Augen gesehen hatte. Vielleicht lag es daran, daß er an der dazu geeignetsten Stelle saß oder daß ihm die tiefstehende Sonne günstig ins Gesicht fiel. Wie dem auch sei, er fühlte sich angesprochen. Du bist nicht so blöd wie die anderen, sagte das Mädchen wortlos. Zwar gefiel sie ihm nicht richtig, sie hatte eine irgendwie komische Nase. Aber wie sie ihn, aus ihren Augen links und rechts von der Nase, angesehen hatte und ansah, das löste bei ihm sofort einen innigen Reflex aus. Laßts sie doch, sagte er zu den anderen, schleichts euch. Die schauten ihn ungläubig an, das war nicht die Art, wie er sonst mit ihnen redete. Um klar zu machen, daß er hier die Beschützerrolle einnahm, faßte Paul das Mädchen um die Schulter. Die anderen zuckten die Achseln. Na schön, werdet glücklich miteinander.

Dann zogen sie ab, und Paul, der Feinfühlige, hielt die Stellung. Du bist ja, sagte das Mädchen, ein Kavalier! Was sollte er darauf sagen? Er senkte den Blick. Der verfing sich in ihrem Dekolleté: gegen die Brustwarzen zu sprießten einige Wimmerln. Nein, sie gefiel ihm nicht, sie gefiel ihm auch sonst nicht. Vor allem wegen der komischen Nase, die (im Profil betrachtet) ganz gerade mit der Stirn verlief. Fix, wie hieß eine solche

Nase doch gleich? Ach ja, griechisch! Wie soetwas je als Schönheitsideal in Kurs gekommen sein konnte, war ihm ein Rätsel.

Wie heißt du, fragte er schließlich. Sie hieß Maria. Ihm fiel keine Frage mehr ein, also versuchte er sie zu küssen. Es ging ganz gut, obwohl sie genauso schiefe Zähne hatte wie er. Rechts oben schmeckte er eine frische Plombe. Er küßte sie nocheinmal, diesmal linksorientiert. Dann probierte er ihre Brust zu berühren. Aber da schob sie seine Hand weg, außerdem war inzwischen die Sonne untergegangen. Der Wind brachte Blätter und Staub. An Maria entstand eine Gänsehaut.

Am Weg zu den Kästchen nahm er sie um die Hüfte. Ihre Darmbeinschaufel war merkwürdig spitz. Maria lachte und hoffte merklich auf Echo. Er räusperte sich und schaute woanders hin. Die falsche Nähe entbehrte nicht einer gewissen Peinlichkeit. Trotzdem versprach er ihr, am Ausgang zu warten. Als dort sein großer Cousin stand, erschrak er nicht schlecht. Aber der wartete auf seine Hilde, die Frau mit der Schwedenbombenbrust, die gottseidank erschien, bevor Pauls Aufriß auftauchte.

Maria sah angezogen erträglicher aus. Doch ihre Nase war weiterhin unbedeckt. Sie erzählte von ihrem älteren Bruder. Paul vermied es, sie von der Seite anzuschauen. Mein Bruder Karli ist ein bißchen wie du. Sagte sie. Nämlich: auch er habe dunkle Schnekkerln. So, sagte Paul. Seine Haare gefielen ihm auch. Ja, sagte Maria, aber die Augen sind anders. Was er für

Augen habe? Seien die blau? Oder seien sie grün? Wahrscheinlich, vermutete Paul, hänge das von der Beleuchtung ab. Jedenfalls, sagte sie, habe er liebe Augen. Freundliche, ehrliche. Das sei ihr gleich aufgefallen.

Paul fühlte sich rot werden. Jetzt erzähl was von dir, sagte Maria. Paul wurde noch röter. Was soll ich erzählen, mir fällt nichts ein. Nun wehte ein schöner, lauer Wind, und der Mond hing schon am Himmel. Hast Du noch ein bißchen Zeit? fragte er. Sie sagte: Leider nein. Schade, sagte er (linker Hand war ein Feld). Er umarmte sie fest und spürte, wie sie seinen Druck erwiderte. Er sah ihr frontal ins Gesicht (von der Nase ab). Wirklich, ich mag dich, sagte sie. Aber sie müsse um acht daheim sein.

Am nächsten Nachmittag wartete Paul beim Sprungturm. Erst kamen Toni, Karlo und Franzi vorbei. Triffst du dich mit dem süßen Naserl von gestern? Ihr könnt mich, sagte er, alle am Abend besuchen. Sie grinsten und gingen. Dann tauchte Ede auf. Er sagte nichts, doch seine Geste war sprechend. Paul drohte ihm mit der Faust. Er hielt sich den Bauch. Auf eine weitere Diskussion wollte sich Paul nicht einlassen und zeigte ihm den Rücken. Er dachte: Was solls, was wißt denn ihr Idioten? Ich mag diese Maria! Doch! Sie ist gar nicht zuwider. Mein Gott, die Nase! Sie hat doch noch ganz andere Körperteile. Und außerdem mag sie *mich.* So ein liebes Wesen hat sie! Er dachte: Wir gehen woanders hin, wenn sie kommt. Ja, ihr Scheißer, wir gehen hinaus ins Getreide! Sie will es genauso wie ich. Sie tut es genauso gut wie jede andere. Sie tut es genauso gut wie Brigitte Bardot.

Servus Pauli, wartest du da auf jemand? Mit diesen Worten weckte ihn sein Cousin. Ausgerechnet! Wo hatte der seine Hilde? Paul schaute sich um. Nein, sagte er, eigentlich warte er hier auf niemand. Na fein, sagte Robert, dann gehen wir auf ein Bier! Paul schluckte. Na, was ist, sagte sein Cousin, soll ich dich zum Buffet *tragen*? Was los sei mit ihm? Nichts, sagte Paul, was solle schon mit ihm los sein. Auf ein Bier zu gehen sei eine ausgezeichnete Idee. Er habe einen trockenen Mund.

Sie gingen. Da kam ihnen am Sportbassinrand Maria entgegen. Indem sie auf ihren Paul zukam, lächelte sie. In ihrem Gesicht bereitete sich etwas vor. Ein Aufstrahlen. Fünf Schritte noch und sie würden einander berühren. Erst im letzten Moment fing sie an zu begreifen. Das Strahlen erlosch. Ja, jetzt fand Paul sie wieder ausgesprochen häßlich. Ganz diese Nase, von der man nicht absehen konnte! Er schaute ihr nicht in die Augen und ging an ihr vorbei.

Großvater/Großmutter

Dort möchte ich nicht begraben sein, sagte der Großvater. Es ging um den Inzersdorfer Friedhof, auf dem die Großmutter manchmal, wie sie sich ausdrückte, ihre Schwester besuchte. Das Wasser der Liesing durchweiche den Friedhofsboden. Noch als ein Toter bekäme man dort nasse Füß … Auch als Lebendiger wollte der Opa nicht hin. Er sehe nicht ein, wozu ein Besuch dort gut sei. Seine Schwägerin habe doch nichts mehr davon. Du hast halt, sagte die Oma, keine Religion.

Ach was, Religion, sagte der Großvater, sei das Opium des Volkes. *Sein* schwerverdientes Geld werfe die Oma jeden Sonntag in den Klingelbeutel. Stell dir nur vor, wie sie dreinschaut, wenn sie in der Kirchenbank sitzt und MEERSTERN ICH DICH GRÜSSE singt! Wenn er, der Großvater, sich erbauen wolle, gehe er in die Natur hinaus, das sei außerdem gesünder.

Früher, erzählte er, sei er berggestiegen. Er sei sogar leidenschaftlich gerne geklettert. Für soetwas fühle er sich inzwischen zu alt. Aber wenn der Sonntag schön sei, halte er es für eine Sünde, im Weihrauchmief der Kirche zu hocken, statt irgendwo draußen frische Luft zu schnappen.

Das war, als der Großvater, wie man so sagt, noch aktiv war. Manchmal, wenn er dienstfrei und gute Laune hatte, kam er bei Pauls Eltern vorbei und nahm den Enkel mit auf einen Ausflug. Zu Hause war er ein ziemlich schweigsamer Mann. Aber im Freien wurde er direkt gesprächig.

Wie man ihm und seinesgleichen übel mitgespielt hatte, erzählte er dann zum Beispiel. *Wir sind jung, die Welt ist offen,* hätten sie gesungen, aber die Welt sei nicht lange offen geblieben. *Unsere Sehnsucht, unser Hoffen,* naja Schwamm drüber. Spätestens nach dem Februar '34 sei die Welt zu gewesen. Wir haben unsere Köpfe hingehalten, sagte er, aber die großen Herrschaften haben sich abgesetzt. Was ist uns übrig geblieben, als wieder zu kuschen? Und zu warten: Auf was? Na bestimmt nicht auf den Hitler! Andererseits: Daß er mit den Heimwehrfaschisten Schluß gemacht hat, darüber waren wir nicht traurig.

Paul wußte damals nicht viel von diesen Ereignissen. Aber daß der Hitler die Juden verfolgt und umgebracht hatte, das wußte er. Die Juden, sagte der Opa, stimmt schon, die Juden. Wir haben eine Jüdin auf dem Gang gehabt, die ist auch recht bald verschwunden. Das war eine nette Frau, man kann gar nichts sagen. Die Oma macht noch heute einen Eiaufstrich nach ihrem Rezept. Aber halt eine Jüdin, was soll man machen. Aber halt eine Jüdin, da hat man ihr nicht helfen können.

Wir haben nicht viel gefragt und nicht viel gesagt. Es gibt Zeiten, sagte der Opa, zu denen man den Mund am besten möglichst wenig aufmacht. Merk dir, so fährt man in solchen Zeiten am besten. Auch auf der Lok. Er sei den ganzen Krieg über auf der Lok gefahren.

So habe er den Krieg überlebt, so habe er seine Familie über den Krieg gebracht. Ja leider, der Rudi, der sei halt in Rußland geblieben. Die Oma glaube noch heute, daß er zurückkäme. Manchmal liege sie nächtelang wach, damit sie ihn, falls er an der Tür klingle, nicht überhöre.

Aber die Oma, sagte der Großvater, spinnt. Das sagte er nicht nur auf den Sonntagsausflügen mit Paul, das sagte er auch vor ihr. Sie sei nicht nur blöd, wie leider die meisten Frauen. Sie sei völlig plemplem, unlängst habe sie die Buchteln statt mit Staubzucker mit Salz bestreut, und der Onkel Willi habe sie ins Klo schmeißen müssen.

Es blieb noch ein Jahr, bevor er in Ruhestand sollte. Aber bevor es so weit kam, hatte der Großvater seinen Unfall. *Sein* Unfall war übrigens eine merkwürdige Bezeichnung dafür. Aber wenn der Großvater davon redete, sagte er nie anders. Vierzig Jahre, sagte er, unfallfrei. Und dann, schon fast in der Pension, muß mir *sowas* passieren. Bei Mürzzuschlag war plötzlich ein Mann auf den Schienen. Da habe er einfach nicht rechtzeitig bremsen *können.*

Es war gegen vier in der Früh. Alles grau in grau. Das ist die Stunde, zu der du am leichtesten einschläfst. Aber ich schwör dir, ich *bin* gar nicht eingeschlafen. Weil Nebel war, bin ich sogar besonders aufmerksam gewesen. Sicher, er *habe* davor ein Bier getrunken. Auf der Dampflok *kriege* man halt einen Durst. Was wissen denn die davon, die elektrisch fahren? Jedenfalls: Eingeschlafen sei er bestimmt nicht.

Also der Mann war auf einmal im Scheinwerferkegel. Aus dem Dunkel hinein*gesprungen* ins Licht. Schwören könnt ich, er hat es mit Absicht getan. Schwören könnt ich, er hat gewartet auf mich. Sagte der Großvater. Daß es ein Zufall war, wollte er nicht glauben. Der Mann habe eindeutig auf ihn gewartet, um sich vor seine Lok zu werfen. Ganz ohne Zweifel ein Lebensmüder, ein Selbstmörder. Die Untersuchungskommission zweifelte. Der Großvater wurde frühpensioniert.

Ein flaues Gefühl, auf einmal daheim zu sitzen. Vor dem zweiten Fenster im Zimmer, durch das man hinüber zur Bahn sah, fing der Großvater an, Kakteen zu züchten. Nach und nach züchtete er das Fenster zu. Er ging kaum mehr fort. Auch an den Sonntagsausflügen mit Paul hatte er keine Lust mehr. So sah der Enkel den Großvater nur noch selten. Seine Mutter erzählte ihm, was mit ihm los war. Er werde halt richtig alt und grantig, der Opa. Und immer ekelhafter sei er zur Oma.

Dann mußte er ins Spital. Ein Prostataleiden. Hieß es. Er wurde aufgeschnitten und wieder zugenäht. Paul raffte sich auf, seinen Großvater zu besuchen. Sie redeten nicht viel. Der Opa sah sehr abwesend aus. Als er wieder nach Hause kam, durfte er kein Bier mehr trinken. Wie seine Schultern hängen, erzählte Pauls Mutter. Auch von ihr, die sich für seine Lieblingstochter hielt, ließ er sich kaum mehr zum Reden bringen. Wenn ihn die Oma ansprach, gab er sowieso keine Antwort.

Schließlich mußte er unwiderruflich ins Bett. Ins Spital brauchte er nicht mehr, einen zweiten Eingriff wollten die Ärzte ihm und sich offenbar ersparen. Ab und zu kam ein Doktor, um den Fortgang seines Sterbens zu konstatieren. Aber es war ein zäher Fortgang, denn der Großvater hatte ein starkes Herz. So lag er und lag er, bis er sich vollkommen auflag. So gut sie konnte, drehte die Oma ihn um. Aber sie konnte es nicht besonders gut. Da wurde sein Rücken eine einzige Wunde. Klar kamen die Töchter, um der Oma zu helfen. Aber sie alle hatten inzwischen Familien, und der Onkel Willi, der ohnehin immer wieder arbeitslos wurde, hatte gerade eine Arbeit. Pauls Mutter kam öfter, als den anderen lieb war. Der Großvater hatte ein Sparbuch und war imstande, das bißchen Geld, das er im Lauf der Jahre zur Seite gelegt hatte, nach Sympathien zu verteilen.

Die Oma benehme sich komisch, erzählte Pauls Mutter. Manchmal, da scheine sie völlig gebrochen zu sein. In sich zusammengesunken sitze sie in der Küche, mit verschwollenen Augen. Aber manchmal, da richte sie sich auf, schlurfe, so gut sie es mit ihren schlechten Füßen noch könne, ins Zimmer und fange an, den Opa zu quälen. Beim Umbetten etwa sage sie: Wie er stinkt! Riechst du nicht, wie der alte Schweinigel stinkt? Mit soetwas war ich fünfzig Jahre beisammen! Ja, er hat recht: Wir Weiber sind wirklich blöd!

Ob der Großvater das überhaupt noch hörte? – Eines Tages hatte der Doktor Pauls Mutter beiseite genommen und ihr gesagt, daß man den Opa sein Bier jetzt ruhig wieder trinken lassen könne. Von da an bekam er jeden Mittag sein Fläschchen. Er trank es, wenn man es ihm an die Lippen hielt, bis auf das, was daneben rann, und schlief dann meistens ein.

Das war der Zustand, in dem ihn Paul bei seinem letzten Besuch vorfand. Er war durch die Küche gekommen, in der längst keine Hasen mehr hausten, und durchs Kabinett, in dem die dick gewordenen Tanten kaum mehr Platz hatten. Sie redeten mit gedämpften Stimmen, soviel Paul mitbekam, ging es tatsächlich ums Sparbuch. Im Zimmer beim Opa waren die winzig klein gewordene Oma, Pauls Mutter und der Onkel Willi, der mit seinem langen Gesicht und den eingefallenen Wangen wie ein unmittelbar nach der Pubertät alt gewordener Bub aussah. Der Großvater sei, flüsterten sie, gerade eingeschlafen, die geleerte Bierflasche stand auf dem Nachtkästchen. Paul setzte sich trotzdem zu ihm, Kinn und Nase ragten sehr spitz und weiß aus dem Bettzeug. Das Zimmer wirkte verändert. Paul begriff erst nach und nach, daß man, wahrscheinlich der Luft und des Lichtes wegen, den wilden Wein am Fenster fast bis zur Unkenntlichkeit gestutzt hatte. Nur die Kakteen waren stehen geblieben.

Die anderen gingen hinaus, Paul wollte noch eine Weile sitzen bleiben. Durch das Schließen der Tür wachte der Großvater auf. Überraschenderweise erkannte er Paul. Ich schlaf jetzt viel, sagte er, aber weißt du, ich träume. Einen bestimmten Traum, sagte er, träume er immer wieder. Ein Traum vom Bergsteigen sei das, ein Traum vom Klettern. Weißt du noch Paul, ich bin einmal abgestürzt. Hab ich dir das nie erzählt? Ich kann mir nicht vorstellen, daß ich dir das nie erzählt hab! – Das sei auf dem TEUFELSGRAT, auf der HOHEN WAND, gewesen. Ein Steig, den man nur als geübter Kletterer begehen dürfe. Da wäre er ausgerutscht und abgestürzt. Aber er hätte sich an einer Latsche erfangen. Aber daß ich mich fang, das träume ich nicht. Ich träume, verstehst du, daß ich im Fallen bin. Nicht mehr oben, aber auch noch nicht unten. Dazwischen: im Traum sei er immer mitten dazwischen.

Danach hat er nur mehr wenige Tage gehabt. Pauls Mutter brachte ihm Wellensittiche mit. Damit er vielleicht noch Lust am Leben finde. Aber er dürfte die Vögel kaum mehr bemerkt haben. Etwas anderes bannte sein Interesse. Es waren Fliegen im Zimmer, zu diesem Zeitpunkt konnte man die Fliegen kaum mehr aus dem Zimmer heraus bringen. Manche davon fing er, wenn sie über die Bettdecke krabbelten, mit dem umgestülpten Wasserglas. Er ließ sich das Glas nicht wegnehmen, krampfte die gelbe Hand darüber und sah zu, wie die Fliegen verendeten.

Dann holte die Oma den Priester zur letzten Ölung. Der Großvater bäumte sich gegen den Priester auf. Man hätte ihm die Kraft nicht mehr zugetraut. Schaffts mir sofort, schrie er, den Pfaffen vom Hals, oder ich erwürg ihn! Aber der Opa wurde schwächer und schwächer. Die Großmutter holte einen stärkeren Priester. Der ölte den endlich Sterbenden mit Gewalt. So starb der Großvater also katholisch getröstet.

Begraben wurde er nicht auf dem Inzersdorfer-, sondern auf dem Zentralfriedhof. Wenigstens das, sagte die Oma, können wir ihm noch zulieb tun. Vielleicht ist ja doch was dran, und man spürt noch was, wenn man tot ist. Auch wenn er keine Religion gehabt hat –: nasse Füß soll er nicht kriegen.

*

III

Aber der Baronkarl.

Ah ja, der Baronkarl.

(Nach einer Tonbandaufnahme:) Von vorn hat er pfiffig ausgeschaut, wie der Till Eulenspiegel, aber von der Seite immer ein bißchen philosophisch. Manchmal hat er sich Zigarettenstummel in die Ohren gesteckt und mit dem Unterkiefer gewackelt, da haben wir gelacht. Aber wenn der Baronkarl ernst war, dann war er sehr ernst, und manchmal hat er richtig würdig gewirkt.

Wir sitzen noch immer / schon wieder im Böhmischen Prater.

Was ich damals, als ich die Peripheriegeschichten zu sammeln begonnen habe, wollte? – Den Geist dieses Ortes fassen.

Den Geist dieser Gegend. Vielleicht sogar den Bezirksgeist.

Der Baronkarl war die Inkarnation seiner guten Anteile.

Hör zu:

Was hat der Baronkarl im Jahr '34 gemacht? Im Ahornhof war die Schutzbund-Kommandozentrale.

Das Licht wurde abgeschaltet. Das war das Zeichen zum Generalstreik.

Die Straßenbahnen blieben stehen. Aber die Arbeiter haben nicht recht gewußt, was sie tun sollen.

Die Rede war von Waffendepots. Aber die meisten haben keine Ahnung gehabt, wo diese Waffendepots waren.

In der Quellenstraße, im 24 b-Bau, haben sie sich halbwegs verteidigen können.

Hinter den Koloniakübeln haben sie sich verschanzt, doch dann hat es geheißen, daß man das Bundesheer gegen sie einsetzt.

Man hat die Artillerie gehört, die auf den Karl Marx-Hof geschossen hat; danach war es sehr still, und überall ist das Brot ausgegangen.

In der allgemeinen Konfusion haben natürlich wenige auf den Baronkarl geachtet.

Manche allerdings wollen gesehen und gehört haben, wie er im Wielandpark gesessen ist und schrill gegeigt hat.

Den DONAUWALZER. Er soll auch gesungen haben:

Donau so blau/ Donau so rot/ Donau so schwarz/ und wart nur schon bald/ Donau so braun.

So einen würde man in Paris einen Clochard nennen. In Wien und Umgebung nennt man solche Leute Sandler.

Man kann herum- (soll eigentlich heißen umher-) sandeln, man kann versandeln oder völlig auf dem Sand sein.

Letzteres war der Baronkarl anscheinend nie.

Das Baronkarl-Bild zwischen uns auf dem Tisch:

Der Baronkarl sitzt gegen eine Bretterwand gelehnt, wahrscheinlich ist er eingeschlafen. Sein Kinn ist an die Brust gekippt, man sieht kaum mehr ein Haar auf seinem Kopf, unter seinen Augen hängen erschreckende Wülste. Er ist in einen alten Mantel gehüllt, neben ihm liegt ein Sack, der wahrscheinlich sein ganzes Hab und Gut enthält, schräg darüber gestülpt und durch den Rand des Fotos angeschnitten: sein Hut.

Ein Bild des Elends? – Er hat dieses Bild signiert.

Karl, steht da, Baron von Favoriten.

Manche meinen sogar, das sei untertrieben.

Für sie war er der ungekrönte König dieses Bezirks.

Einmal im Jahr hat er sich allerdings huldigen lassen. Das war um die Zeit, zu der das Korn gereift ist.

Die Felder und Wiesen waren ja damals noch nah.

Dort, wo heute der Kreisverkehr vor dem Laaerbergbad verrückt spielt, war man ja eigentlich schon so gut wie auf dem Land, Richtung Hansson- und Wienerfeldsiedlung hinunter hat es im Wind gewogt, daß es eine Freud war.

Da hinunter also sei er gegangen.

Und dann sei er zurückgekehrt, aber wie! Auf das Prächtigste geschmückt.

Wie ein wandelndes Kornmanndel sei er dahergekommen: Mohn- und Kornblumen am Hut, Rittersporn, Salbei und allerlei Hahnenfüße am Mantel.

In einem eigenartigen Tanzschritt habe er sich bewegt, sowohl ausgelassen als auch majestätisch habe er ausgesehen, zu den Fenstern habe er ab und zu leutselig hinauf gegrüßt.

Zu all den Blumen habe er allerdings auch eine Pfauenfeder getragen.

Und zwar, vermuten einige, nicht um sich protzig zu machen, sondern im Gegenteil.

Die Pfauenfeder als ironisch eingesetztes Requisit der Eitelkeit.

So sei er stadteinwärts gezogen, aber unversehens habe er die ganze Maskerade abgestreift und sei wieder der abgesandelte Baronkarl gewesen.

Paß auf:

Einmal ist der Baronkarl, obwohl schönes Wetter war, mit einem aufgespannten Regenschirm die Favoritenstraße stadteinwärts gegangen. Er hat angestrengt auf die Spitzen seiner abgestoßenen, immer wieder geflickten Schuhe geschaut und seine Schritte gezählt. Und eine immer größere Menge Kinder und Neugieriger soll hinter ihm hergelaufen sein. Karl, was machst denn da? Aber statt eine Antwort zu geben, hat er nur den Kopf geschüttelt und den Zeigefinger an den Mund gelegt.

So ist das Interesse an seiner Aktion noch gewachsen. Gegen den Südtirolerplatz zu soll er schon eine Menschenmenge hinter sich her geschleppt haben, wie der Rattenfänger von Hameln. Da stellt sich ein Polizist, der wahrscheinlich soetwas wie eine Arbeitslosendemonstration befürchtet, dem Karl in den Weg. Karl, ruft er, um Himmels Willen, was tust denn (?), stürz nicht den ganzen 10. Bezirk ins Unglück!

2394, zählt der Baronkarl in aller Seelenruhe weiter, den Polizisten sanft beiseite schiebend, 2395, 2396 ... Ist jemand unter den Herrschaften, der mir sagen kann, wie lang ungefähr ein Schritt ist? Ein Schritt? rufen da ein paar gescheite Schulkinder: Ungefähr drei Viertel Meter! Dankschön, sagt darauf der Baronkarl und spannt den Regenschirm ab, jetzt kann ich mir endlich die Länge der Favoritenstraße ausrechnen.

Und hierher ist er oft gekommen?

Nein, eigentlich nicht sehr oft.

Warum sitzen wir dann da?

Um den hiesigen Eros einzufangen.

S. schaut mich an. Hast du wirklich Eros gesagt?

Klar, sage ich, der MONTE LAA ist der höchste Gipfel der Umgebung, da konzentrieren sich die Kräfte.

Wenn ich dir sage, was Sonntag für Sonntag hier los war ... Z.B. die Tanzerei dort drüben auf dem Tanzboden. Die Herren, mußt du dir vorstellen, angegraute Kreta-Charmeure. Und die Damen, wie überbackene Semmeln, verdächtig resch und brünett, aber man wird sie nicht verkommen lassen.

Also faßt man sich ein Herz und die Auserwählte um die Schulter oder den Hintern. Und geleitet sie aufs Parkett, so jung kommen wir nicht mehr zusamm. Und schon gehts rund, den Blick in die Ferne gerichtet. Schwung geholt wird aus dem Hüft-Scharnierl, aufgestampft wird auf eins und auf zwei, drei wird gedreht.

Vom Walzer kriegt man, sagt einer, glatt einen steifen/ Haxen (er wiehert: Rudi Ross, ein Mann, den sie Pferd nannten).

Die Spezialität, die hier geboten wird, hat aber ohnehin nur zwei Viertel.

Auf tschechisch heißt Polka eigentlich Polin; DIE SCHÖNE POLIN wird übrigens auch immer wieder verlangt.

Das war eine multikulturelle Gesellschaft. Übrigens auch tolerant, ob du's glaubst oder nicht. Typische Tanten treiben es gleichgeschlechtlich. Und Kriegerwitwen werfen ein deutliches Aug auf die fescheren Tschuschen: *Du schwarzer Zigeuner/ du kennst meinen Schmerz.*

Der Interpret

Das sei schon eine Weile her, daß die zwei hier gespielt hätten, inzwischen spielten hier ja andere, modernere. Aber das wisse man eh, was modern heiße, sei meist weniger wert als das gute Alte. Schön, das sei Geschmacksache, einer möge dies, ein anderer das. Aber die zwei Musiker, die er, der mir diese Geschichte erzählt, meine, hätten wirklich eine ganz eigene Qualität gehabt, das werde mir jeder, der sie gekannt habe, bestätigen.

Wie Pat & Patachon haben sie ausgeschaut. Ach so, Sie können sich vielleicht nicht mehr an Pat & Patachon erinnern, das waren zwei Stummfilmkomiker. Der eine klein und dick, der andere groß und dünn. Eigentlich haben sie gar nicht lustig, sondern eher traurig gewirkt, aber das war eben das Komische.

Gute zwanzig Jahre seien sie hier im Garten auf dem Podium gesessen und hätten zum Tanz aufgespielt. Immer weniger Gras obendrauf, wenn ich verstehe, was er meine, immer mehr Galle im Blick, nein, nicht bös, nur ein bissel bitter. An der Knopfharmonika der eine, hinter dem Schlagzeug Marke SWINGSTAR der andere. Der eine habe kalten Kaffee getrunken und sei davon auch nicht schöner geworden, der andere habe seine Tschick bis zum Anschlag geraucht, aber bei dem sei sowieso schon alles zu spät gewesen.

Norbert

Rosi
kassa

FAHRPREIS
S15.-

Kein Mißverständnis: Er habe die beiden geliebt. Oft, sagt er, bin ich nur hierher gekommen, weil ich sie spielen hören wollte, obwohl ich sie, das können sie mir glauben, vorher schon hundert Mal gehört hab. Auch ihr Repertoire war nicht groß, aber gediegen, das hat mich, sagt er, immer wieder unterhalten. Sie haben z.B. den SCHNEEWALZER gespielt und einen veränderten Text dazu gesungen (*Ja/ das ist klar/ daß der Frosch hat am Bauch keine Haar*) oder den KUCKUCKSWALZER mit Tierstimmenimitation, das hat sich dann angehört wie die Bremer Stadtmusikanten.

Das ist kein bloßes Geblödel, mein Herr, das sind Botschaften! Gelt, da schaun Sie? Aber das liegt nur daran, daß sie den Code nicht entschlüsseln können. Naja, das geht nicht so leicht, das braucht Jahre um Jahre. Diese Jahre habe er investiert. Diese Zeit habe er sich genommen.

Also daß etwa ein Text, der folgendermaßen beginnt: *Drunt in Afrika/ wachst der Paprika/ 3 Meter hoch* – daß ein derartiger Text nicht einfach so dahin gesungen sei, sondern etwas zu bedeuten haben müsse, kapiere doch auch der Unbedarfteste. Aber was? Um das zu begreifen, müsse man schrittweise vorgehen. Zuerst wird die Meldung wiederholt, drunt in Afrika usw., damit sich das auch bestimmt jedem einprägt. Wissen Sie, das Unbewußte spielt *auch* eine Rolle; die Leut drehen sich auf dem Tanzboden und hören gar nicht so genau hin; aber sie hören das sozusagen mit dem Stammhirn. Jetzt aber kommts: *Dort wohnt der Opapa* heißt es. Und zwar nicht allein, nein, da wär ihm ja fad, dort wohnt der

Opapa *mit seiner Omama.* Und der Paprika wächst. Drei Meter hoch wohlgemerkt. Also bei uns würde er das nicht tun. Aber dort unten – der Kehrreim bekräftigt das, ist es anders: *drunt im wunderschönen Afrika.*

Nun wär dieser Text ja fast zynisch, wenn mit diesem Afrika das reale Afrika gemeint wär. Aber ein Lied wie dieses kann ja nur von völlig Unsensiblen für eins gehalten werden, das die bestehende Realität meint. Die Realität, lieber Herr, um die es in diesem Lied geht, ist eine völlig andere. Eine tiefere oder eine höhere, eine uralte oder eine utopische – denken Sie darüber nach!

Leider sei er nicht bei jedem Lied, das die beiden gespielt und gesungen hätten, so weit mit der Deutung fortgeschritten wie bei diesem. Er sei zwar, wie gesagt, immer wieder hergekommen, genaugenommen zwanzig Jahre hergekommen, um sie zu hören, aber selbst das war zu wenig. Hier draußen im Garten sei er gesessen, bis ihm der Hauch vorm Maul gefroren sei im frühen November. Und dann drin in der Stube, da werde einem manchmal nicht nur vom Zwiebelschneiden in der benachbarten Küche zum Heulen ... Wozu um den Brei herumreden, die beiden seien alt geworden. Der eine habe geträumt, daß ihm alle Zähne ausfielen, der andere habe gespürt, wie der Tod von den Nieren heraufkomme. Klar lasse man sich nichts anmerken: die Leute wollten tanzen, die Wirtschaft wolle verdienen. The show must go on, wie der Ami sagt. Ein Indianer kennt keinen Schmerz.

Also gehts weiter, das Wunschkonzert wird fortgesetzt, selten nach Noten, lieber nach Banknoten, wenn auch nach kleinen. Sonntag für Sonntag haben die beiden die Rehlein grasen lassen samt Försterchristel im grünen Wald. Sonntag für Sonntag sei Wache geschoben worden am Wolgastrand fürs Vaterland. Und die rote Sonne von Capri hätten sie immer mehrere Male untergehen lassen müssen, erst recht bei Regen.

Nur einmal, da sei der eine nicht mehr gekommen. Und der andere sei dagesessen und habe auf ihn gewartet. Dann habe er telephoniert und erfahren, was los war. Und dann habe er seine Knopfharmonika eingepackt und sei gegangen.

So ist das also, jetzt spielen die beiden nicht mehr. Ich werde also mit der Interpretation ihrer Botschaften nicht zu Ende kommen. Sprichts und steht auf. Haben Sie, fragt er, Interesse an Musikinstrumenten? Ich hätt eine preisgünstige Knopfharmonika zu verkaufen, und ein billiges Schlagzeug könnt ich Ihnen auch verschaffen.

Ort: *Wien. Auf dem Laaerberg. Im Böhmischen Prater. Der Garten des Gasthauses Bendekovics. Vis à vis das Ringelspiel mit den alten Holzpferden. Die Gerüche von Zuckerwatte und Langos, die einander manchmal auf das Glücklichste vermischen. Auch das Einanderdurchdringen diverser Musikschwaden.*

Die Kastanienbäume mit Kerzen. Die Kastanienbäume mit kleinen Kastanien. Die Kastanienbäume mit großen Kastanien.

Heft auf dem Plastiktisch. Die Hand, wie sie schreibt.

Die Kastanien, wie sie fallen. Es ist nicht auszuschließen, daß einen eine auf den Kopf trifft.

Und die Peripheriegeschichten? Was ist mit denen?

Vom Ziegelteichmatrosen

Eigentlich war er kein Seemann, sondern ein Eisenbahner. Daß er aber zur österreichischen Bundesbahn geraten sei, statt zur Dampfschiffahrtsgesellschaft, das, habe er in hellen Momenten erzählt, sei die tiefe Tragik seines Lebens gewesen. Weswegen er sich einen Bundesbahnrock, einen ausrangierten, habe umschneidern lassen auf Donaudampfschiffahrt. Und eine Schirmkappe mit aufgenähtem Anker habe er erstanden bei einem Tandler.

So angetan sei er von Beisel zu Beisel gezogen. Breitbeinig sei er an die Budel getreten und habe sich einen steifen Grog bestellt. Eine Stimme soll er sich zugelegt haben, als hätte er mit Reißnägeln gegurgelt. Gesoffen habe er immer auf einen Zug.

Zuweilen habe er von seinen Fahrten erzählt. Über den Friedhof der Namenlosen hinaus. Am Anfang habe er noch Publikum gefunden, manche sollen sogar seine Zeche bezahlt haben. Aber mit der Zeit habe man ihm kaum mehr zugehört.

Das habe jedoch seine fixe Idee nur verschlimmert. Ich bin kein Bundesbahner mehr, habe er auf dem Südbahnhof, wo er dem Vernehmen nach beim Verschub beschäftigt gewesen sei, verkündet, ich mag keiner mehr sein. Dann ist er einfach nicht mehr zum Dienst erschienen. Er hat das Matrosengewand nicht mehr ausgezogen.

Von früh bis spät ist er am Ziegelteichufer gesessen. Die Fischer dort unten haben ihn schon gekannt. Seine Frau hat sich Sorgen gemacht und ein paar Mal versucht, ihn nach Hause zu holen. Er aber hat sich kaum nach ihr umgedreht, so konzentriert war er auf seine Papierschifferln.

Ja, Papierschifferln habe er schwimmen lassen. Ob er je ein wirkliches Schiff betreten hat, im Urlaub zum Beispiel, bei irgendeiner Mondscheinfahrt in Lignano oder in Jesolo, ist strittig. Manche erzählen, daß er gern mit der Überfuhr über den Donaukanal gefahren sei, von der Weißgerberlände zum Schüttel und wieder zurück. Andere sagen, er wäre gleich seekrank geworden, schon in einer Jolle auf dem Laxenburger Schloßteich.

Hat er schwimmen können? Wir wissen es nicht. Seine Leiche haben sie jedenfalls aus dem Butterteich aufgefischt. Es geht das Gerücht, er ist ins Wasser gegangen. Buchstäblich gegangen. Seinen Papierschifferln nach.

Von einem, der sich auf dem Laaerberg zu Tode gesoffen hat

Eigentlich habe ihn keiner näher gekannt. Daß er aber keinen festen Wohnsitz gehabt, vielmehr irgendwo im Heu geschlafen habe, erzählt der Wirt/ bestätigen die Kollegen, sei niemandem ein Geheimnis gewesen. Schließlich sei es aber Privatsache, wie und wo wer seine Nächte verbringe, nichtwahr? Und jemandem etwas dreinzureden in bezug auf seine Intimsphäre, darauf lasse man sich besser gar nicht ein.

Hauptsache, er sei verläßlich zur Arbeit erschienen am Morgen und im Wirtshaus am Abend. Hauptsache, er seinerseits habe niemandem etwas dreingeredet, sich nicht gekümmert um anderer Leute Geschichten. Leben, nichtwahr (?), Leben und Leben lassen. Wenn einer stirbt dabei, das ist sein Problem.

Außerdem habe man im Fall dieses Falles ohnehin beide Augen zugedrückt. Wenn man andere längst hinausgeschmissen hätte, habe man den, sein Name ist uninteressant, noch ignoriert. So wenn er etwa, wie in seinen letzten, kalten Wochen, immer länger hockengeblieben sei vor seinem im Zeitlupentempo nie ausgetrunkenen Glas. Oder wenn er, falls ihm einer etwas bezahlt habe, eine gute Seele, sich habe vollrinnen lassen weit über den Durst.

Er habe nämlich die Gewohnheit angenommen, auch die größten alkoholischen Quantitäten ex, also auf einen Zug, auszutrinken. Am Anfang, vermutet der Wirt, habe er das wahrscheinlich aus Angabe gemacht. Denn womit hätte einer wie der sonst angeben können. Allmählich sei das aber sozusagen professionell geworden. Für die anderen war das ein Gaudium. Trinkst du das Krügel ex, so spendier ich dir noch was. Schaffst du den Liter auch noch, so kommt ein zweiter. Packst du ein Wasserglas Rum, so gebührt dir ein Weinbrand.

So ähnlich sei es nun an jenem Freitag zugegangen, einem 13. übrigens, an dem dieser peinliche Zwischenfall passiert sei. Er sei schon recht lang im Lokal herumgelungert, es habe geregnet draußen, und man habe zum ersten Mal geheizt in diesem Jahr. Für die Akkordarbeiter sei Auszahlung gewesen, da sei die Stimmung jedesmal dementsprechend. Und außerdem habe der Sparverein Sitzung gehabt. Gscherter, habe da plötzlich einer gerufen, der Typ sei nämlich aus der Provinz gewesen, seiner Aussprache nach vielleicht aus dem Burgenland, Gscherter, gelt, du stemmst eine Flasche Bier? Und der Gscherte habe die Flasche angesetzt, und, wie gewöhnlich, nicht mehr abgesetzt, bis sie leer gewesen sei. Dann aber sei eine zweite Flasche gefolgt und dann der Wein. Wieviel, das habe der Wirt nicht aufgeschrieben.

Der Anfang vom Ende war jedenfalls Slivovitz. Er habe den Slivovitz aus dem Krügel getrunken. Die Sparvereinsmitglieder haben dazu geklatscht. Und einer hat ihm dafür einen Cognac versprochen. Ebenfalls aus dem Krügel zu trinken, versteht sich. Und wirklich, das hat er noch tadellos hingekriegt. Stehend und mit zusammengekniffenen Augen. Danach allerdings, da hat er sich hingelegt. Lang auf die Bank. Die Gäste haben gelacht. Jetzt hat er genug, hat einer von ihnen gesagt. Und wirklich, der Kerl hat übergenug gehabt. Ist dort gelegen und hat keinen Mucks mehr gemacht.

Natürlich hat er geglaubt, sagt der Wirt, daß der schlafe. Also, erzählt er, hab ich ihn liegen lassen. Am nächsten Vormittag sei er noch immer gelegen. Aber sein Mund sei merkwürdig offen gewesen. Also habe der Wirt ihn wachboxen wollen. Er habe ihn, zeigt er, *so* in die Seite geboxt. Da sei der Typ von der Bank herunter gefallen. Wie eine Vogelscheuche so steif, sagt der Wirt.

Das Interview

Warum habe ich ihn angesprochen? –: Wegen seines grünweiß gestreiften Shawls. Ein so sichtbar sich deklarierender Fußballfan, habe ich gedacht, käme auch als Partner für ein Tischfußball-Spiel in Frage. Ich weiß, das ist aus der Mode gekommen, in der Automatenhalle, in die ich so früh am Vormittag getreten bin, gibt es nur mehr zwei, noch dazu recht verstaubte, Tischfußballspiele. Aber der junge Mann mit dem grünweißen Shawl ist herumgelehnt, als ob er gerade ohnehin nichts besseres zu tun hätte.

Die erste Partie verliere ich sieben zu drei. In der zweiten steht es eine Weile vier zu vier, aber just in dem Augenblick, in dem ich meine Chance gekommen sehe, flitzen zwei der verbliebenen Bälle in mein Tor, daß ich gar nicht so schnell schauen kann. Abgesehen von einem konsequenten Forechecking, das meine Stürmer schon vor der Ballannahme daran hindert zu schießen, beherrscht mein Gegner einen fast unhaltbaren Schuß aus dem Hinterhalt. Sein rechter Verteidiger ist der böseste Angreifer.

Ich biete ihm eine Zigarette an und rauche selbst eine. Er sei zwar ein Favoritner, sagt er, und daher wäre es naheliegend für ihn, ein Austria-Anhänger zu sein, aber das könne man nicht von ihm verlangen. Im übrigen ist man ja heutzutage mobil. Er schwinge sich auf sein Moped (er zeigt es mir: es glänzt, um diese Zeit recht einsam, draußen im Nieselregen) und fährt hinüber nach Hütteldorf, zum Hannappi-Stadion, wo Rapid spielt.

Manchmal fahre er allerdings auch mit der U-Bahn. Und zwar ganz einfach deshalb, weil das lustiger sei. Gemeinsam mit Gleichgesinnten komme man schon vor dem Match in Stimmung. Man trainiere das Skandieren von Parolen oder das Singen von Kampfliedern, und wenn die anderen Fahrgäste Angst bekämen und ausstiegen, umso besser, da merke man, daß man Wirkung erziele, und außerdem habe man dann mehr Platz.

Spielen wir noch eins? Nein, sagt er und wendet sich einem Videoautomaten zu. Dort hat er den Finger am Drücker und schießt auf gegnerische Panzer. Jetzt tauchen Tiefflieger auf, aber auch die erwischt er locker. Das kannst du gut, sage ich, ja, sagt er, gegen mich haben die Kanaken keine Chance.

Kanaken, frage ich, wieso sagst du Kanaken, er zuckt die schwarzlederne Schulter. Was sind denn überhaupt Kanaken, was weiß denn ich, sagt er, er könnte auch Tschuschen sagen. Ja, sage ich, und was sind Tschuschen, na Jugos, sagt er. Aber Jugoslawien gibt es doch gar nicht mehr, ah was, Jugos wird es immer geben.

Ja, sage ich, zum Beispiel bei Rapid gibt es einige. Mit einer einzigen Salve erledigt er eine ganze Panzerstaffel. Das war früher, sagt er, jetzt gibt es nur mehr einen, schlimmstenfalls zwei. Außerdem seien das keine richtigen Jugos, sondern Kroaten.

Ah so, sage ich, na klar, sagt er, die Jugos, das sind die andern. Außerdem, was wollen Sie, bei Rapid gibts vielleicht ein paar Jugos, aber wenigstens keine Juden. Na fein, sage ich, immerhin keine Juden, aber wo gibts denn welche? Bei der Austria, sagt er, das weiß doch ein jeder.

Ich frage nach Namen. Er zuckt die andere Schulter. Weiß er doch nicht genau, aber daß dort Juden mitrennen, sagen alle. Wer? Na, die Fans. Die harten. Der harte Kern. Die Austria ist ein Judenklub, in meinem Alter müßte ich das doch wissen.

In meinem Alter. Na, wie alt sind Sie? fragt er. Die Stimme des Blutes reizt mich zu einer Gegenfrage: Und wie alt bist *du*? Sechzehn, sagt er, aber was wollen Sie überhaupt von mir, sind Sie ein Warmer? Nein, sage ich, also wie war das mit den Juden, hast du schon je einen gesehen?

Er schaut auf die Spitzen seiner hohen, schwarzen Schnürschuhe (DOC MARTENS), die sind gut zum Treten. Ob ich weiß, daß ich ihm auf die Eier gehe, ja, sage ich, ob er trotzdem eine Zigarette mag. Was denn das soll, ob das ein Verhör ist, ob ich von der Polizei bin. Nein, sage ich, aber wenn er will, kann ich ihn auch auf ein Bier einladen.

Ein Blick über die Schulter, ob ihn keiner sieht, aber die Spielhalle ist immer noch fast leer. Okay, sagt er, in welches Beisel gehen wir, frage ich, das ist ihm wurst. Ob ich ein Journalist bin, das ist ihm auch wurst. Fragen kostet mich nichts, sagt er, aber seine Antworten haben von jetzt an ihren Preis.

Also: Ob er schon je einen Juden gesehen hat. Zwanzig Schilling. Nein, einen Juden von Angesicht zu Angesicht gesehen zu haben, daran kann er sich nicht erinnern. Das ist aber kein Wunder, die wirken im Verborgenen. Die kommen von hinten herum, das ist so ihre Art. Zum Beispiel bei Austria: kann schon sein, daß im Augenblick keiner mitrennt. Auf dem Spielfeld. Aber dann stehen gewiß welche dahinter. Oder genaugenommen: sie sitzen – nämlich im Vorstand. Und ziehen die Fäden. Und *lassen* rennen. Das sieht ihnen ähnlich.

Die Antwort auf die Frage, woher er das weiß, soll mir fünfzig Schilling wert sein. Er hat es gelesen. In einer Broschüre, die sie vor der Schule verteilt haben. Du gehst noch in die Schule, frage ich etwas überrascht, die Antwort gibt er mir großzügigerweise umsonst. Oberstufenrealgymnasium, schon zum zweiten Mal fünfte Klasse, seine Mutter bildet sich ein, er muß maturieren.

Und heute ist keine Schule? Doch, sagt er, aber ich mach blau. Dort ist ihm ja fad, insbesondere deshalb, weil er heuer alles zum zweiten Mal hört. Geschichte auch? Ja, sagt er, das kennt er doch schon, Ägypten. Aber er kann sich denken, worauf ich hinaus will, die sogenannte Zeitgeschichte, über die der Lehrer in der vierten Hauptschulklasse gefaselt hat, das sind doch alles Lügen.

In dieser Broschüre, sagt er, als ich ihm einen weiteren Fünfziger über den Tisch schiebe, an dem wir sitzen, kalt, es ist zu kalt für diese Jahreszeit, aber geheizt wird natürlich nicht mehr, in dieser Broschüre war übrigens auch ein Jud abgebildet. Und – er hält die Hand auf: die folgende Information kostet einen Hunderter – in einem

Videospiel, das ein Schulkollege daheim hat, kann man welche erledigen. Wie? Nein, das sagt er nicht. Das ist ein Geheimnis. Er lächelt. Prost. Ein nach wie vor kindliches Gesicht. Seine Mutter muß ihn lieb haben.

Haben Sie noch einen Tschick für mich? fragt er. Ich nicke. Er tut einen tiefen Zug und legt die Füße auf den an der Schmalseite des Tisches zwischen uns stehenden Sessel. Den strafenden Blick der Wirtin ignoriert er. Weiße Schuhbänder, sagt er, wissen Sie, was das bedeutet? Nein, sage ich. Also weiße Schuhbänder bedeuten die Zugehörigkeit zur weißen Rasse. Darauf laufe es nämlich hinaus. Die ganze Geschichte sei eine Auseinandersetzung von Rassen. Wir gehören zur weißen Rasse, das heiße, zumindest er. Hier lächelt er wieder. Es gäbe nämlich auch welche, die sich tarnten. Die seien außen weiß, aber inwendig hätten sie schwarzes Blut. Sozusagen weiße Neger? frage ich. Ja, sozusagen weiße Neger. Allen voran die Juden. Nein, er habe noch keinen von Angesicht zu Angesicht gesehen. Wenn nicht … Er unterbricht sich: Der Kreisky war auch einer.

An den kann er sich nur mehr dunkel erinnern, natürlich, da war er in der Volksschule. Aber der Kreisky war jeden Abend im Fernsehen. Sein Vater, der damals noch mit ihm und seiner Mutter zusammen gewohnt hat, hat den auch nicht leiden können. Warum? Weil der lügt, hat er gesagt. Der hat uns belogen. Wen? Na, die Arbeiter, hat sein Vater gesagt. Zuerst hat er uns hoch und heilig versprochen, die Arbeitsplätze zu erhalten, aber dann … Unter dem Kreisky, sage ich, war doch alles noch halbwegs in Ordnung.

Kann schon sein, sagt er, aber sein Vater ist damals abgebaut worden und hat zu saufen begonnen.

Schluß. Darüber mag er nichts weiter erzählen. Zieht den grünweißen Shawl über Kinn und Nase bis unter die Augen: ob ich noch etwas über die Aktivitäten gewisser Fußballfans wissen will. Ja sicher, es komme schon vor, daß sie da und dort ein Hakenkreuz hinmalten. Aber das habe nicht viel zu bedeuten und sei im Grunde ein harmloses Vergnügen. Auch werde hier und da ein Austria-Anhänger blutig geprügelt. Oder auch einer, der gar kein Austria-Anhänger sei, aber so aussähe. Pech für ihn – wenn man nach dem Match mit der U-Bahn zurückfahre und dann durch die Stadt ziehe, sei man halt manchmal in recht angeregter Stimmung. Daß die Austria-Anhänger ihrerseits zimperlich seien, brauche man übrigens wirklich nicht zu behaupten.

Allerdings, sagt er, sei das manchen zu wenig. Was? Das Verprügeln von Austria-Anhängern und solchen, die welche sein könnten. Ein paar von den Größeren hätten Größeres vor. Ob ich von der Telefonzelle gelesen habe, die unlängst in die Luft geflogen sei – aber nein, er lasse sich nicht von mir aushorchen.

Was ich denn wolle? Ich solle ihn ja in Ruh lassen! Rühren Sie mich nicht an, sagt er, als ob ich das versucht hätte. Von solchen, wie ich einer bin, hat er schon gehört. Typen, die versuchten, sich bei seinesgleichen hineinzuraunzen, aber für dieses Spiel müsse ich mir einen dümmeren Partner suchen.

Sagts, nimmt die Schuhe mit den weißen Schuhbändern mit einem entschlossenen Schwung der langen Beine vom Sessel und zieht ab. Draußen im Regen tritt er noch demonstrativ einer Coladose ins Gesicht. Besteigt sein Moped, gibt Gas, daß es sich aufbäumt und der Dreck spritzt. Zu Haus wartet das Mittagessen, das ihm seine Mutter zum Aufwärmen hergerichtet hat. Mahlzeit.

Philemon & Baucis

Wie sie wirklich geheißen haben, weiß ich nicht. Bei mir nannte ich sie Philemon & Baucis, weil sie sehr alt waren und sehr zusammengehörig, ja unzertrennlich wirkten. Durch das lange Beisammensein als Mann & Frau sahen sie aus wie Bruder & Schwester. Sie hausten in einer Hütte aus Wellblech und Dachpappe im Unteren Laaerwald und waren so zwergenhaft scheu, daß man sie nur selten zu Gesicht bekam.

Im Garten vor ihrer Hütte zogen sie Kraut & Unkraut. In einem Faß und allerlei Küchengeschirr sammelten sie Regenwasser. Wenn ich die Augen zumache und mir ihren Garten vorzustellen versuche, sehe ich auch eine rostige Badewanne. Möglicherweise haben sie die bei Nacht, wenn die Gefahr, daß jemand vorbeiging, gering war, zum Baden benutzt.

Um den Garten herum war ein Bretterverhau. In diesen Bretterverhau aufs abenteuerlichste eingearbeitet sehe ich alte Autoreifen und wahrscheinlich vom Krieg übriggebliebenen Stacheldraht. Das war ein Signal für die Welt: Bleibt gefälligst draußen! Die beiden waren sehr alt und sehr klein, aber genügten einander.

Eines Tages kamen zwei Männer vorbei. Bei Philemon & Baucis. Aber Sie wissen vielleicht gar nicht mehr so genau, was es mit denen für eine Bewandtnis hatte. Also das waren zwei alte Leute, die im alten Griechenland in einer Strohhütte wohnten. Eines Tages kamen zwei Männer vorbei, aber das waren Zeus & Hermes incognito. Philemon & Baucis (die Originale) sollen sehr gastfreundlich gewesen sein. Die beiden im Unteren Laaerwald waren eher ängstlich. Jene waren sogar bereit, für die unerwarteten Gäste ihre einzige Gans zu schlachten. Diese hatten, soweit ich mich erinnern kann, keine Gans, ich glaube, sie waren , eher aus Not denn aus Tugend, Vegetarier. Jedenfalls gaben sich Zeus & Hermes, beeindruckt von so viel rührender Gastfreundschaft, als Götter zu erkennen und sagten den beiden alten Leuten, daß sie einen Wunsch frei hätten. Als was sich die Herren, die die beiden Alten im Laaerwald besuchten, zu erkennen gaben, ist nicht bekannt. Sie hätten keinen anderen Wunsch, sagten die beiden Alten, als hier, wo sie so lang miteinander gelebt haben, möglichst im gleichen Augenblick miteinander zu sterben. Kein Problem, sagten Zeus & Hermes, unmöglich, sagten die beiden profaneren Herren, das sei ein Verstoß gegen die Campingverordnung. Wildes Siedeln, auch wenn es jahre- oder jahrzehntelang geduldet worden sei, sei bekanntlich verboten. Darüber hinaus verstoße die Existenz der beiden Alten in ihrer spezifischen Art und Weise noch gegen weitere Paragraphen. Ganz abgesehen davon, daß man mit dem Grund, auf dem sie ihren Lebensabend zu beschließen gehofft hätten, etwas anderes vorhabe. Sie sollten also vernünftig sein und froh, daß ihnen nicht mehr passiere, und verdammt noch einmal mitkommen.

Philemon & Baucis aus dem Unteren Laaerwald haben also schon gewußt, warum sie sich so sehr gegen die Welt abschotteten und womöglich nicht so gastfreundlich waren wie ihre Vorbilder. Was mit ihnen geschehen ist? Wahrscheinlich, heißt es, hat man sie ins Pflegeheim Lainz geschickt. Ob sie dort beisammen bleiben konnten? Wenn sie Glück gehabt haben, hat man sie auf dem selben Gang untergebracht. Aber daß Männer und Frauen beieinander liegen und im gleichen Moment sterben dürfen, sodaß sie im Augenblick des Todes in Bäume verwandelt werden, die sich mit ihren Ästen und Zweigen eng umschlingen, solche Extras, sagt mir einer, der dort arbeitet, sind in Lainz leider nicht drinnen, sowas gibts nur für bessere Leute.

Vom Laaerbergjäger

An Sonntagen, sagt er, fährt er immer hierher. Er sitzt im Auto und schaut und lauscht in die Gegend. Allein. Ohne Frau und Kind. Die läßt er zu Haus. Das sei nichts für sie. Die Jagd sei ein männlicher Sport. Sehr früh ist er wach und lädt einen Sack in den Wagen. Aus der Brustflasche gibt er sich einen Schluck Schnaps. Wenn er hier ankommt, ist die Sonne noch weiß. Über der Mistgstätten, sagt er, ziehen die Nebel.

Allmählich erst, sagt er, tauchen die Gastürme auf. Und die Doppeltürme der Simmeringer Kirche. Noch etwas später wird der Zentralfriedhof sichtbar. Das Krematorium und die grüne Otto Wagner-Kuppel. Er kurble die Windschutzscheibe hinunter, er atme. Gottes freie Natur sei hier noch zu ahnen. Er hebt sein Stoppelkinn in Richtung der Felder. So ein Friede, sagt er, so eine Stille!

Das Piepsen der Rebhendeln, sagt er, hören nur Kenner. Er raucht sich noch eine an, er sitzt noch und lauscht. Übrigens sind es die jungen, sagt er, die piepsen. Die alten sind vorsichtig, sagt er, aber die jungen können nicht den Schnabel halten. Du mußt die Senke erraten, in der sie hocken. Du mußt dich anpirschen, sagt er, langsam und leise. Es geht bergab. Du rollst also ohne Motor. Je weiter du ohne Motor kommst, desto besser das Ergebnis.

Und dann wird aufs Gas gestiegen, so fest es geht. Hinein in die Senke. Sein Wagen hält einiges aus. Ohne Rücksicht, ereifert er sich, auf Verluste. Du mußt Serpentinen fahren, das verwirrt sie. Einige klatschen im Auffliegen gegen den Kühler. Die, die zermatscht sind, sagt er, sind unbrauchbar. Die anderen, die noch zappeln, sammelt er auf. Und schlägt ihnen kurz und bündig, sagt er, den Kopf ab.

Bewunderung heischend weist er die Handkante vor. Er könne auch Hasen ähnlich perfekt erlegen. Die Abfallquote bei Hasen sei nicht so hoch. Aber leider seien die Hasen im Aussterben.

Ob ihm die Tiere nicht leid täten? Nein, wieso? Glaubst du, ein Rebhendel, das mit Schrot durchsiebt wird, fühlt sich wohler? Es sei doch nur eine Frage der Effizienz. Mit seiner Methode erziele er höhere Erfolgsquoten.

Nur manchmal, erzählt er, manchmal habe er Angst. Wenn er am Abend auf der Autobahn fahre. Daß ihm zum Beispiel ein Reh vor der Kühler renne. Und durch die Windschutzscheibe ins Auto gerate. Was glaubst du, was so ein Viech dann für eine Wucht hat? Fragt er. Ich antworte nicht. Eine Riesenwucht. Sagt er. Eine geradezu schreckliche Wucht. Das haut dir doch, sagt er, glatt den Schädel vom Hals.

Aber das mußt du zugeben, sage ich, von hier oben hat man doch wirklich eine weite Aussicht. Über den Zentralfriedhof hinaus; bei gutem Wetter sieht man donauabwärts bis zur Hainburger Pforte. Interessant, sagt S. Bestimmt habt ihr damals auch eine Lehrwanderung auf den Laaerberg gemacht. Klar, sage ich, geologischer Aufbau, Flora, Fauna – was soll ich dir erzählen?

Wir haben den Böhmischen Prater hinter uns gelassen, die Drehorgelmusik vom Ringelspiel mit den alten Holzpferden ist nur mehr schwach zu hören. Falls sie überhaupt noch zu hören ist, vielleicht klingt sie ja nur mehr in meinem Kopf. Dochdoch, beruhigt S., das Ringelspiel mit den Holzpferden steht noch. Aber jenes andere, hohe geknickte, schwarz ausgebrannte? Nein, sagt er, daran kann er sich nicht erinnern.

Vom Baronkarl wird erzählt, er sei während der Märztage des Jahres '38 (so viele, hört man, haben auf einmal Hakenkreuze auf dem Revers getragen, auf dem Reumannplatz haben sie die Schaufenster der jüdischen Geschäfte eingeschlagen und die Besitzer samt Frauen und Kindern zum Gehsteigwaschen gezwungen) am hellichten Tag mit einer Windlaterne in der Hand umhergegangen. Vor allem den diesen Ereignissen bloß Zusehenden habe er tief ins Gesicht geleuchtet (die Stirn habe das Licht getroffen, die Nasen- und Mundpartie und besonders intensiv die Augen), und das hat, wird berichtet, manche derart verstört, daß sie sich, ohne zu fragen, was damit gemeint war, rasch aus dem Staub gemacht haben. Einem aber, einem beherzten Mann, der sich wenigstens zu fragen getraut hat, habe der Baronkarl, mit wieder gesenkter Lampe, Antwort gegeben. Ich such Menschen, soll er gesagt haben, und diese Antwort ist dem anderen irgendwie bekannt vorgekommen, doch er hat nicht recht gewußt, woher.

Und/ aber was war dann? Wie hat der Baronkarl die Nazizeit übertaucht? Auf diese Frage zucken viele die Achseln. Wo ist der Baronkarl unter dem Hitler geblieben? Auf diese Frage schütteln die meisten den Kopf. Auf jeden Fall hat er die tausend Jahr überlebt. Wie genau, wo genau, ist nicht klarzustellen. Man hat damals andere Sorgen gehabt, man war an der Front, in der Munitionsfabrik oder im Luftschutzkeller. Mache haben sich gewundert, aber viele haben sich gefreut, daß der Baronkarl nach '45 wieder da war. Ein Sandler, der – blaß schaut er aus – gerade vom Winterurlaub im Häfen zurückkommt, weiß folgende Version: Der Karl war damals Insasse des Männerasyls. Tatsächlich ist er vom Winter '39 bis zum Frühjahr '40, mit einer Unterbrechung, in der städtischen Herberge Alxingergasse 97 – 103 gemeldet. Und vom Juni '40 bis Kriegsende, mit mehreren Unterbrechungen, wieder im sog. Werkl in der Gänsbachergasse.

Wären, sagt der Sandler, Leo heißt er, solche wie er und der Baronkarl damals nicht irgendwo gemeldet gewesen, so wären sie – überhaupt keine andere Chance

– im KZ gelandet. Aber weil sie gescheit waren, sagt er, haben sie lieber im Asyl „Sackeln gepickt" als im KZ Lampenschirme gewickelt, von Schlimmerem zu schweigen. Den Matzl z.B., einen anderen Strotter, der sich früher, in der guten alten Zeit, für ein paar Groschen ins Maul hat spucken lassen vor dem Tor der Antonskirche, den Matzl haben die Nazis, kaum daß sie da waren, mitgenommen. Und dabei hat der arme Teufel wirklich nicht mehr angestellt, als hinter den Soldaten her zu marschieren, zu salutieren usf., also mit einem Wort den ganzen Blödsinn nachzumachen, den sie ihm vorgemacht haben; aber das haben die nicht geschätzt.

Der Baronkarl, sagt eine andere Version, ist schon zu Lebzeiten unter Denkmalschutz gestanden. Vor dem haben sogar die SS-Standartenführer Respekt gehabt. Weil sich sein ganzes Leben auf der Straße abgespielt hat, war es unmöglich, ihn unauffällig zu schnappen. Ja mehr noch, der Baronkarl hat damals Sachen sagen können, die sonst niemand zu sagen riskiert hat, und er hat sie auch gesagt.

Einmal hat man ihn, obwohl das ein Riesenaufsehen war, wegen Verdacht auf Hochverrat verhaftet und verhört. Bei dem Verhör jedoch hat er ohne weiteres zugegeben, daß er, was sie ihm vorgeworfen haben, wirklich gesagt hat. Und warum haben Sie das gesagt, Mensch?! – haben sie ihn angeschrien, aber darauf hat der Baronkarl nur mild gelächelt. Und hat zur Antwort gegeben: Ich bin doch ein Narr!

Der Baronkarl soll es schließlich auch gewesen sein, der für den Gauleiter Pürkel den Namen Bierleiter Gaukel erfunden hat. Und über dem Pürkel seine Abschiedsworte an die Wiener: wenn der Flieder wieder blüht, komm ich zurück, verlaßts euch drauf – hat der Baronkarl einen Witz gemacht, den hat sich bald ganz Wien erzählt. Seit uns der Gaukel das versprochen hat, soll der Karl gesagt haben, schneiden die meisten Wiener die Fliederbäum ab. Bis heute, scheints, haben sie allerdings schon wieder eine Menge Flieder gepflanzt, doch der Baronkarl, der das vielleicht bedenklich finden und etwas Ätzendes dagegen sagen würde, ist tot.

Vom Schrebergartenlabyrinth

(Für Gerd Jonke)

Er sei eingeladen gewesen, erzählt mir einer, in einen Schrebergarten. Nämlich den Schrebergarten eines Bekannten, dessen größte Freude sein Schrebergarten gewesen sei. Weswegen der ihn auch eingeladen habe in seinen Schrebergarten zum Wochenend. Eingeladen, damit er teilhabe an seiner Schrebergärtnerfreude. Und sie würden, so habe er sich das gedacht, beisammen sitzen auf der Schrebergartenbank vor der Schrebergartenhütte. Wenn die Sonne scheine, würden sie in der Sonne beisammen sitzen. Und wenn es regnen sollte – auch kein Malheur. Wenn es regnen sollte, würden sie sich halt in die Schrebergartenhütte hineinsetzen. So habe er sich das gedacht. Jedenfalls sei es in so einem Schrebergarten gesund und vergnüglich. *Und hätt ich nicht geschrebert/ wer weiß, ob ich noch lebert*, diesen Spruch kennen Sie doch bestimmt. Vergnüglich und gesund sei es in einem Schrebergarten, und er hätte also teilhaben sollen an dieser Gesundheit und diesem Vergnügen. Und er habe sich auf das Wochenend im Schrebergarten seines Bekannten gefreut mit einer richtigen Vorfreude.

Er und sein Bekannter, so habe er sich das gedacht, würden sich im Schrebergarten Beschäftigung suchen. Und sicherlich würde die nicht schwer zu finden sein, in einem Schrebergarten gibt es doch immer etwas zu tun. Unkraut zu jäten zum Beispiel, Blumen zu pflanzen. Oder eine Hecke zu stutzen oder Obst zu ernten oder Laub zu verbrennen. Und vielleicht würde die Frau seines Bekannten derweil eine appetitliche Jause herrichten. Zum Beispiel Schmalz- oder Speck- oder Bratenfettbrote. Und dann, nicht zu spät, würden sie sich alle drei ausruhen bei einem gemütlichen Plauscherl. Und am End würden sie eine Flasche Wein aufmachen und miteinander in die Dämmerung hinein trinken.

So habe er sich das gedacht. In seiner Vorfreude habe er also die Schrebergartenanlage betreten. Vom Haupteingang sei er auf dem Hauptweg zum Schrebergarten-VEREINSHAUS. Dies deshalb, weil an so einem Schrebergarten-VEREINSHAUS meist eine Tafel mit den Namen und den Parzellennummern aller im jeweiligen Verein vereinigten Schrebergärtner hänge. Richtig, auf dieser Tafel habe er, kein Problem, den Namen und die Parzellennummer seines Bekannten gefunden. Schön, er habe sich die Parzellennummer und den Weg, auf dem die Parzelle erreichbar sein sollte, gemerkt. Gut, er sei auf dem Hauptweg bis zum auf der Tafel angegeben Seitenweg. In diesen Seitenweg sei er eingeschwenkt. Nun brauchte er nur mehr den Parzellennummern nachzugehen, und dann würde das schrebergärtnerische Wochenend, auf das er sich die ganze Woche lang gefreut habe, beginnen.

Und im Gehen habe er gesehen, wie die Leute beisammen gesessen seien in ihren Schrebergärten. Wie sie beisammen gesessen seien auf den Schrebergartenbänken vor den Schrebergartenhütten. Wie sie in der Sonne beisammen gesessen seien (die habe nämlich geschienen). Wie sie beisammen gesessen seien und sich der Schrebergärten erfreut hätten. Und natürlich habe er welche gesehen, die Unkraut jäteten und welche, die Blumen pflanzten. Und welche, die Hecken stutzten und welche, die Obst ernteten und welche, die Laub verbrannten. Darüber sei er aber am Ende des Seitenwegs angelangt. Ohne die Parzelle, an der er, immer noch vorfreudig, ankommen wollte, erreicht zu haben. Seitenweg 12, Parzelle 307. Der Seitenweg 12 habe nach Parzelle 306 bzw. 305 an einer ebenso undurchschaubaren wie undurchdringlichen Hecke geendet. Parzelle 306 war unbewohnt, auf 305 war leider niemand da. Ach was, habe er gedacht und sei zurück zum Schrebergarten-VEREINSHAUS, um zu sehen, ob er sich, Weg- und Parzellennummer betreffend, vielleicht verschaut habe.

Aber nein, er habe sich *nicht* verschaut. Dennoch habe er sicherheitshalber Weg- und Parzellennummer auf einem Stück Papier notiert. Mit diesem Stück Papier in der Hand sei er also wieder den Hauptweg hinunter bis zum Seitenweg 12. Und nocheinmal sei er, immer das Stück Papier in der Hand, in diesen Seiteweg eingeschwenkt.

Und im Gehen habe er gesehen, wie die Leute nun in ihren Schrebergartenhütten beisammen saßen. Es habe nämlich inzwischen zu regnen begonnen, und sie hätten sich in ihre Hütten zurückgezogen. Aber das war auch kein Malheur, denn manche Frauen waren, wie er durch die Fenster sah, schon dabei, appetitliche Jausen herzurichten. Schmalz- oder Speck- oder Bratenfettbrote, und da und dort hätte man doch tatsächlich bereits eine Flasche Wein geöffnet. Über solchen Beobachtungen, die ihm Appetit machten, sei er aber zum zweiten Mal am Ende des Seitenwegs angekommen. Da war noch immer die Hecke und weiter nichts. Dicht und undurchdringlich war sie noch immer. Parzelle 306 noch immer unbewohnt, auf Parzelle 305 noch immer niemand. Auf 304 habe allerdings (es habe inzwischen wieder zu regnen aufgehört) einer mit einem Rechen gearbeitet. An den habe er sich also gewandt: Grüß Gott, habe er gesagt, und dann, was und wen er suche. Und der habe sich nachdenklich auf seinen Rechen gestützt, den Blick in die Weite der Schrebergartenanlage gerichtet, die Parzellennummer und den Namen des schrebergärtnernden Bekannten murmelnd. Und dann, mit einem plötzlichen Aufleuchten im Gesicht, habe er ihm geraten, zurück auf den Hauptweg zu gehen, wo nämlich das Schrebergarten-VEREINSHAUS sei, an dem eine Tafel hänge, auf der er sämtliche Namen der hier vereinigten Schrebergärtner mit den dazugehörigen Weg- und Parzellennummern finde.

Das sei dem, der diese Geschichte erzählt, nun wohl ein gutes (schlechtes) Dutzend Mal passiert. Er habe noch auf Parzelle 303 und 302 gefragt. Dann, in der Hoffnung, auf den zum Seitenweg 12 parallelen Seitenwegen 10 und 13 einen Zugang zu dem gesuchten Garten zu finden, einige Male dort. Immer sei einer da gewesen, der sich nachdenklich auf einen Rechen, eine Schaufel, eine Harke oder sonst irgendein Gartengerät gestützt habe, den Blick in die Weite der Schrebergartenanlage gerichtet, den Namen und die Parzellennummer murmelnd, die ihm gesagt (oder auch auf dem Zettel, schwarz auf weiß, gezeigt) worden sei, und dann habe sein Gesicht endlich aufgeleuchtet.

Bei der letzten der stereotypen Antworten, die der Frager derart bekommen habe, sei dem Ärmsten sehr merkwürdig zumut geworden. Zum Befremden des gerade angesprochenen Schrebergärtners habe er sich, halb weinend, halb lachend, zu Boden geworfen (um die Erd gehaut), mit beiden Fäusten den mit Asche bestreuten Seitenweg (11 oder 13, vielleicht sogar 10 oder 14) bearbeitend. Es habe zu dämmern begonnen, und er habe die Suche nach Parzelle 307 aufgegeben. Zu allem Überfluß habe er noch Mühe gehabt, in der rasch einfallenden Finsternis zum Ausgang zu finden.

Von einem, der in der Nazizeit plötzlich verschwunden ist

Der Kirchberger-Rudi war nur einer von vielen. Erzählt eine alte Dame, die mit ihm im selben Haus gewohnt hat. Neilreichgasse 84. Als Schweißer hat er gearbeitet. Wir haben im dritten Stock gewohnt und er im zweiten. Auf Küche-Kabinett habe er dort unten gelebt mit seiner Frau. So große Wohnungen wie heute habe es ja damals für einfache Leute noch nicht gegeben. Kinder haben die beiden keine gehabt. Aber er sei eine fescher, schwarzhaariger Mann gewesen, und seine Frau, etwas jünger, habe ihn nach mehr als zwanzig Ehejahren immer noch geliebt, das habe man ihr angesehen.

Eines Tages in der Früh sei er in die Arbeit gegangen und am Abend nicht mehr nach Haus gekommen. *Kirchberger, der seit 1919 kinderlos ist, will vor dem Umbruch nicht Mitglied einer politischen Partei gewesen sein.* Die Frau habe gewartet. Das Essen sei kalt geworden. *Er gehörte nach eigenen Angaben lediglich von 1926 bis '38 dem Gewerkschaftsbund der österreichischen Arbeiter und Angestellten an; nach dem Umbruch trat er der DAF bei.*

Ja, und dann habe noch ein anderer im selben Haus gelebt, dessen Namen die Erzählerin nicht nennen mag. *Der Angeschuldigte wurde angeblich erst Mai 1942 von dem politischen Funktionär XY geworben.* Rechts unten im Mezzanin habe er gewohnt, also nur zwei Stockwerke unter den Kirchbergers. Vielleicht sei er etwas still und blaß gewesen, aber gegrüßt habe er immer freundlich.

Als sie aber wieder einmal mit dem O-Wagen in die Arbeit gefahren sei, und zwar am Südbahnhof vorbei, und die Straßenbahn sei wegen einer Stromstörung länger als sonst in der dortigen Haltestelle gestanden, da habe sie, so die Erzählerin, den Herrn aus dem Mezzanin dort auf und ab gehen gesehen. Merkwürdig angezogen sei er gewesen, sie sehe ihn heute noch vor sich, grauer Hubertusmantel und Hut mit Gamsbart. Auf und ab sei der Mensch dort gegangen, auf und ab. Und wie sie ihn so auf und ab gehen gesehen habe, da sei ihr von einer Sekunde auf die andere klar geworden: Das ist ein Spitzel!

Für den Kirchberger-Rudi sei diese Erkenntnis leider zu spät gekommen. Den hätten sie geholt, mitten aus dem Betrieb, in dem er damals gearbeitet habe, und keiner im Haus hätte ihn mehr zu Gesicht gekriegt. Seine Frau, still, in sich gekehrt, trauernd, als wäre er schon gestorben, habe kaum mehr zwei Worte mit jemandem geredet. Nur so viel sei durchgedrungen, daß er einer Widerstandsgruppe angehört, an subversiven Versammlungen teilgenommen und etwas mit der Verteilung von Schriften gegen die Nazis zu tun gehabt hätte – dafür habe man ihn im Namen des Deutschen Volkes zum Tod verurteilt.

Vielleicht ist es sogar der Herr aus dem Mezzanin gewesen, der ihn mit der Widerstandsgruppe zusammengebracht hat, damals hat man ja niemandem trauen können. Den jedenfalls habe die Erzählerin, am Süd-

ANKERBROT

bahnhof vorbei in die Arbeit fahrend, noch mehrere Male gesichtet. Weggefahren sei der nie, immer nur auf und ab sei er gegangen, die Ohren unter dem Gamsbarthut gespitzt wie ein gut dressierter Jagdhund. *Im Namen des Deutschen Volkes!* Das deutsche und erst recht das österreichische Volk ist zu diesem Zeitpunkt nicht mehr gefragt worden. Der Kirchberger-Rudi war nur einer von vielen.

Wie ein Russe in der Rotenhofgasse einen ganzen Luftschutzkeller in die Luft sprengen hat wollen, es aber schließlich doch nicht getan hat

Im 45er Jahr soll ein russischer Soldat in einen der Luftschutzkeller eingedrungen sein, in denen sich die Leute damals vor den russischen Soldaten versteckt haben. Holt Holz, habe er die Zitternden in gebrochenem Deutsch und mit vorgehaltener Maschinenpistole aufgefordert, holt Fetzen, holt Zündhölzer, holt Papier. Und den Leuten dort (alten Männern, Frauen und Kindern vor allem: denn die jüngeren Männer waren in Gefangenschaft oder tot oder, wie man bis vor kurzem gesagt hatte, im Feld, und niemand hat zu dem Zeitpunkt mehr gewußt, wo das eigentlich war, angesichts der auf einmal vors Haustor gerückten Front), den Leuten dort in der Rotenhofgasse wäre nichts anderes übrig geblieben, als das zu tun. Und das Holz, das sie hätten aus den Kellertüren brechen müssen, denn die Brennstoffvorräte seien zu Ende gewesen, und die Fetzen, die sie sonst sicher noch angezogen hätten, denn sie trugen, heißt es, oft nicht einmal das Nötigste mehr am Leib, und die Zeitungen, mit denen sie ihr Schuhwerk ausgestopft hätten, wären sie ihnen erhalten geblieben, denn es war kalt, all das auf einen riesigen Haufen zu schichten hätten sie weitere, unmißverständliche Worte und Gesten des Russen gezwungen. Und dann, wird erzählt, hat der Russe den Leuten befohlen, die Tür zum Keller von innen zu versperren, dawai, und einen Kanister Benzin, den er die ganze Zeit über sich bei sich getragen habe, in der rechten Hand, denn die Waffe, erinnert sich einer, hat er links gehalten, einen ganzen Kanister Benzin also, man stelle sich das vor, über den derart aufgeschichteten Haufen gegossen. Er werde jetzt, habe er erklärt, während er sich die Zündholzschachtel habe reichen lassen, sämtliche Insassen des Kellers, sich selbst eingeschlossen, in die Luft sprengen, denn genau das, mit Ausnahme der Vernichtung ihrer selbst, hätten die deutschen Soldaten in Rußland mit seiner Familie, Mutter, Schwestern und kleinen Kindern, getan. Im letzten Moment aber sei er zusammengebrochen, das zweite oder dritte abgeknickte Zündholz in der Hand, denn die habe gezittert, buchstäblich auf die Knie gefallen sei er und habe bitterlich zu weinen begonnen. Vor denen jedoch, die, vom ersten Schreck erholt und auf einmal, nachdem der Russe die Waffe zur Seite gelehnt habe, überaus gesprächig, behauptet hätten, die Unsrigen wären gar keine richtigen deutschen Soldaten gewesen, sondern..., vor denen also (man kennt die Litanei vom armen, überfallenen Land, in dem plötzlich niemand mehr für das, was geschehen ist, verantwortlich war) hätte der Russe noch im Weggehen kräftig ausgespuckt.

Mit den sowjetischen Besatzungssoldaten, heißt es, ist der Baronkarl im allgemeinen gut ausgekommen. Da viele von ihnen Musik und Kinder geliebt haben, sind sie oft stehengeblieben, wenn er aufgegeigt hat. Er war zwar jetzt keineswegs mehr der Jüngste, der Karl, und zuweilen ist er, vor seiner Mistkiste sitzend, ganz einfach weggedöst. Doch musiziert und den Leuten Freude gemacht, das hat er noch immer.

Manches Mal hat er den Russen sogar ein Ständchen gebracht. Hat er etwa SCHWARZE AUGEN gespielt, so haben sie gelacht und dazu in die Hände geklatscht. Und bei den ABENDGLOCKEN sind sie traurig geworden. Sie haben geweint und sich mit dem Karl verbrüdert.

Nur einmal soll er beinahe mit einem von ihnen gestritten haben, und das war so: Ein Russe hat von der Tolbuchinstraße gesprochen, in die der Baronkarl hätte kommen sollen, um sich im USIA-Laden einen extra für ihn reservierten Laib Brot zu holen. Ich kenn keine Tolbuchinstraße, hat da der Karl gesagt. Ich kenn nur die Laxenburgerstraße, die so heißt, weil sie zum Schloß Laxenburg führt; eine Tolbuchinstraße kenn ich nicht.

Aber Towarisch, hat da der Russe gesagt. Die Laxenburgerstraße, die heißt halt jetzt Tolbuchinstraße und ist benannt nach dem glorreichen Marschall Tolbuchin. Der glorreiche Marschall Tolbuchin ist an der Spitze der Roten Armee nach Wien marschiert. Und die Rote Armee, die hat euch die Freiheit gebracht.

Die Freiheit, hat da der Karl gezweifelt, die Freiheit? Wenn du meinst, Bruder, daß ihr uns die Nazis vom Hals geschafft habt, so hast du recht. Aber die Freiheit *bringen*, das kann einem niemand. Freiheit ist etwas, das man in sich hat. Oder auch nicht.

Zweite Schrebergartengeschichte

Nein, fällt ihm gar nicht ein, sagt der Schrebergärtner. Auf der einen Seite die Schnellstraße, auf der anderen Seite die Autobahntangente, gut, das kann er nicht verhindern. Und vielleicht versuchen sie ihn völlig einzukreisen mit ihrem Verteilerkreis. Aber hier, in der Mitte der Welt, das ist sein Eigengrund, den läßt er sich nicht wegnehmen.

Haben Sie, fragt er, von den BLACK HILLS gehört? Das sind die heiligen Berge der Sioux-Indianer drüben in Amerika. Die hat man ihnen auf die gemeinste Weise weggenommen, davon hat er gelesen. Aber jetzt prozessieren sie, jetzt wollen sie ihre angestammten Jagdgründe wieder zurückhaben, das findet er großartig.

Er allerdings wird es nicht so weit kommen lassen. Zwar hat er manchmal schon das Gefühl, daß ihm die Autos durchs Rettichbeet hinter dem Haus brausen, aber er ist entschlossen, standzuhalten. Die Rosen hat er erst vorige Woche gesetzt, obwohl es dazu natürlich reichlich spät im Jahr ist. Und für die Gartenzwerge an der Vorderfront hat er gestern Nachschub angefordert, die sollen ein dichtes Spalier bilden.

Im Jahr 1864, es kann auch '66 oder '69 gewesen sein, hat es einen Vertrag gegeben, in dem die BLACK HILLS den Indianern für alle Zeiten zugesprochen wurden. Aber ein paar Jahre später hat man dort Gold gefunden, und natürlich wurde der Vertrag sofort von den Goldgräbern gebrochen. Bei uns, sagt der Schrebergärtner, haben sie zwar kein Gold gefunden. Aber kaum ist die Gegend zum Bestandteil des Grüngürtels erklärt worden, sind sie schon mit Einschränkungen und Ausnahmen und – so schnell haben wir gar nicht schauen können – mit Baggern und Planierraupen dahergekommen.

Die ganze Umgebung hat man ihm weggebaggert. Zuerst waren die Wiesen weg, auf denen er mit seinen Kindern, die inzwischen allerdings erwachsen sind, drachensteigen gegangen ist, dann die Wege, auf denen er seine zwei Hunde äußerln geführt hat. Und die Nachbargärten waren weg, die Gärten derer, die sich haben herumkriegen lassen, einer nach dem anderen. Und jetzt sind die Feinde im Anmarsch, morgen oder übermorgen werden sie zur Attacke auf seinen Garten blasen, aber er wird keinen Fuß breit weichen.

Die Sonne geht unter, Rauch geht auf, es ist Herbst. Die beiden Hunde, schwarz aber fast haarlos, reißen sich die Pfoten am Drahtgitter wund, auch sie wittern etwas. Der Himmel ist unnatürlich rot, vielleicht die Folge eines fernen Vulkanausbruchs oder eines zur Erhaltung der neuen Weltordnung begonnenen Kollektivkriegs. Diese Imperialisten! flucht der Schrebergärtner. Aber mich werden sie nicht einschüchtern!

Die Indianer, die Sioux, haben sich leider auf Kompromisse eingelassen. Man hat sie hereingelegt, hat ihnen erzählt, daß die bösen Goldgräber nichts mit dem guten, weißen Vater in Washington zu tun haben. Die Armee, hat man ihnen erzählt, wird ihr Territorium schützen, das war der größte Hohn. Sobald sie sich wirklich zu wehren begonnen und das Kriegsbeil ausgegraben haben, ist es zu spät gewesen.

Aber mit mir nicht, sagt der Schrebergärtner, ich hab ein Gewehr in der Hütte! Heute fordern die Sioux ihr Land zurück, doch sie werden es nicht kriegen. Die Beharrlichkeit, sagt er, der Sioux in Ehren. Aber wenn sie recht bekommen und das ein Präzedenzfall wird, können die weißen Amis das ganze Amerika zurückgeben.

Also darf mans so weit gar nicht kommen lassen. Die Sonne geht unter, Rauch geht auf, die Hunde heulen. Ich bin ein friedliebender Mensch, sagt der Schrebergärtner, aber wenn man mich angreift … Crazy Horse und Sitting Bull sollen leben!

Nein, mit mir nicht, sagt der Schrebergärtner, etwas erschüttert den Erdboden. Die ungeernteten Zwetschgen fallen vom Baum und prasseln ins müde Gras. Die Hände des Schrebergärtners, wie sie die Armlehnen des Sessels umklammern, sind geballte Fäuste. Der Windstoß, der ihn dann sandig ins Gesicht schlägt, erinnert fatal an eine Druckwelle.

Am 13. 10. 1948 wird der Baronkarl in der Favoritenstraße, Ecke Schleiergasse, von einem Auto niedergestoßen und getötet. Dem Vernehmen nach hat es sich bei dem Auto um einen LKW der Besatzungsmacht gehandelt. Manche sagen, der Baronkarl sei betrunken gewesen. Andere meinen, das erkläre nichts, denn der Baronkarl war nie nüchtern. Vielleicht war es auch der Fahrer des Lastautos, der betrunken war. Solchen Fragen ist man damals natürlich nicht nachgegangen. Wozu hätte das auch gut sein sollen, was hätte eine Schuldfeststellung dem toten Baronkarl geholfen? Und warum sollte man um den Tod eines (amtlich:) Nichtseßhaften eine große Geschichte machen?

Die große Geschichte machten die Favoritner. Die Nachricht vom Tod des Baronkarl habe sich schnell herumgesprochen. Manche hätten es gar nicht glauben wollen. Daß er auf einmal nicht mehr unter ihnen sein sollte, war kaum zu fassen. Die Vereinigung der Musiker und Musikfreunde Wien 10 beschloß, ihn noch rasch in ihre Gilde aufzunehmen. Man ließ eine Parte drucken und sammelte fürs Begräbnis. Es soll ein lustiges Begräbnis gewesen sein, die Leute hätten dabei spontan gesungen und getanzt. Gezählt wurden, heißt es, acht- bis zehntausend fröhlich Trauernde.

Er ruhe in Frieden!

Wir geben der Bevölkerung von Favoriten Nachricht, daß der im ganzen Bezirk bekannte und berühmte

Karl Baron, recte Baron-Karl,

am Mittwoch, den 13. Oktober 1948, einem tötlichen Autounfall im 66. Lebensjahre zum Opfer fiel.

Die irdische Hülle des Verstorbenen wird in der Halle 1 des Wiener Zentral-Friedhofes (Eingang 2. Tor) aufgebahrt, am Freitag, den 22. Oktober 1948, um 15 Uhr 45, feierlichst eingesegnet und sodann nach nochmaliger Einsegnung auf demselben Friedhofe im eigenen Grabe zur ewigen Ruhe bestattet.

Wien, den 18. Oktober 1948

Die Vereinigung der Musiker- und Musikfreunde Wien 10.

Gemeinde Wien. Städt. Bestattung, 10., Gudrunstraße 130, Tel. U 46-3-59, Druck: E. Reith, 10., Columbusgasse 2, Tel. U 45-8-52

Von Baronkarl (Letzte Theorie)

Der Baronkarl war der Baronkarl, weiter war er
nichts
Doch der Baronkarl zu sein, das war dem Karl
genug
Als den Baronkarl haben die Leut ihren Baronkarl
geschätzt
Als der Baronkarl hat er leben können

Und also hat der Baronkarl sein Leben gelebt
und die Leut, die haben das akzeptiert
Habe die Ehre, hat so mancher den Baronkarl
gegrüßt
und vom Baronkarl gegrüßt zu werden wär für so
manchen eine Ehr gewesen

....

....

....

....

Der Stoss am Himmel war nicht nur das älteste *Wirtshaus*, sondern auch das älteste *Haus* Favoritens. Vor kurzem haben sie es weggerissen und eine Bankfiliale hin gebaut. Wenn das Gespenst des Baronkarl heute dort einträte … Wo ist die Wirtin, würde es fragen, ich bin gekommen, um Erdäpfel zu schälen.

Was diese Bankmenschen da wohl machen würden? Nun, zuerst würden sie lächeln, ihre Freundlichkeit gehört zum Kundenservice. Doch offensichtlich wäre der Typ da kein Kunde. Und strenggenommen müßten sie sogar die Kunden vor der Belästigung durch Nichtkunden schützen.

Schon wahr: Man muß ja nicht alles gleich so streng nehmen. Vor allem (1. Gebot) nur ja kein Aufsehen! Die Dame an Kassa 2, vom Baronkarl versehentlich für eine Kellnerin gehalten, würde ihn höflich ersuchen, einen Augenblick zu warten. Im Hintergrund würde sie zuerst mit ihrem Kollegen von Kassa 1, dann mit dem Filialleiter flüstern.

Dann würde wahrscheinlich ein jüngerer Herr hervorkommen. Mit einem Ruck, stelle ich mir vor, würde er das Sakko über dem noch kaum merkbaren, aber wachsenden Bauch straffen. Er würde versuchen, den Baronkarl unter dem Arm zu packen. Und leise würde er sagen: Hörst Opa, ich glaub, du bist hier nicht richtig.

Einige Kunden, die sich inzwischen in einer braven, kleinen Schlange hinter dem Baronkarl angestellt hätten, würden verhalten lachen. Der Opa wäre ja anscheinend auch nicht ganz richtig *im Kopf*. Der Aufforderung, das Lokal zu verlassen, würde er nämlich nicht folgen wollen. Nach wie vor würde er verlangen, die Wirtin, eine gewisse Mitzi Eier, zu sprechen, er sei ein guter alter Bekannter.

Jetzt würden die Kunden unruhig werden, schließlich ist, wie man speziell auf der Bank weiß, Zeit Geld, und man hat keins von beiden gestohlen. Der Herr im straffen Sakko würde wieder versuchen, den Baronkarl zu fassen. Zwar wäre er nicht gewöhnt, Arbeiten zu tun, bei denen man sich die Hände dreckig macht. Aber in gewissen Fällen muß ein Mann auch heute noch zugreifen können, und wozu bitte geht man zwei Mal die Woche ins Fitneßcenter.

Nur nützt das im Umgang mit Gespenstern gar nichts. Der Baronkarl in der Bankfiliale, die an der Stelle des ältesten Hauses resp. Wirtshauses von Favoriten steht, wäre nicht zu fassen. Angesichts dieser Unfaßbarkeit würde der für nichts und wieder nichts fitte Bankangestellte natürlich erschrecken. Aber er würde sich möglichst nichts anmerken lassen.

Schauen Sie, daß Sie weiterkommen, würde er also sagen. Blaß würde er dreinsehen, aber die Ruhe bewahren. Wohin? würde der Baronkarl antworten, ich bin eh schon ganz schön weit. Trotzdem tät ich jetzt gern damit anfangen, die Erdäpfel zu schälen; die draußen warten.

Die draußen? Mit einem jähen Schreck würde der Bankangestellte durch die Glastür nach draußen blikken. Und dieser jähe Schreck würde sich auf die hinter dem Baronkarl bereits sehr ungehaltenen Kunden übertragen. Und auf die Kolleginnen & Kollegen des straffen Herrn, bis hinauf zum Filialleiter. Denn draußen stünde eine unübersehbare Menge von Armen und Arbeitslosen, die darauf warteten, daß der Baronkarl, nach dem Erdäpfelschälen, mit seiner großen Milchkanne voll Suppe oder Gulasch in den Garten herausträte.

Aber es gibt ja dort gar keinen Garten mehr. Also stünden sie auf der Straße, die ganze Neilreichgasse wäre überfüllt, die ganze Troststraße. Und wer weiß, bis wohin sie stünden, der ganze Bezirk wäre dunkel von ihnen, sehr dunkel, denn natürlich, würden die Bankkunden, sich von der Schlange zum Igel umstrukturierend, feststellen, sind die wenigsten davon die unseren. Und: LassenS mir schnell die Erdäpfel bringen, würde der Baronkarl sagen, es sind so viele, die draußen auf ihre Suppe warten, lassenS mir schnell die Erdäpfel bringen, bevors zu spät ist.

*

Baronkarl (2. Originalfoto)

Glossar

Abwasch, *die*/ Spülbecken

Augustin, *der liebe*/ poluläre Wiener Sagenfigur

außertourlich/ außerhalb der Norm, anders als üblich

barabern/ arbeiten /tschechisch poroba = Fron)

Bartwisch, *der*/ kleiner Handbesen

Bassena, *die*/ außerhalb der Wohnung (auf dem Gang, auf der Pawlatschen) gelegene Wasserleitung (französisch Bassin = Becken)

Beisel, *das*/ kleines, gemütliches oder auch heruntergekommenes Wirtshaus (jiddisch bajis = Haus)

Bierhansel, *der*/ Bierrest in Fässern, Flaschen oder Gläsern

Biertippeln/ existenzerhaltende Tätigkeit eines Biertipplers

Biertippler, *der*/ ein Mensch, der im wesentlichen vom Bierhansel lebt

Bißgurn, *die*/ bösartige, zänkische Frau (mittelhochdeutsch gurra = Stute)

Buchtel, *die*/ tschechisches Hefegbäck

einbremsen/ stoppen

Einspänner, *der*/ einzelnes Wiener Würstchen /in Wien: „Frankfurter")

Fleischlaberl, *das*/ Fleischbulette, Frikadelle

Flitscherl, *das*/ unseriöses Mädchen

Genierer, *der*/ die Scham, die Scheu

Graffelwerk, *das*/ wertloses Zeug.

Grätzel, *das*/ die nähere Umgebung des Wohnorts, Teil eines Stadtviertels (mittelhochdeutsch: gerötze)

Greißler, *der*/ Kleinkrämer, Viktualienhändler (mittelhochdeutsch: grûz = Korn)

Gretl, *die fesche*/ attraktives Frauenzimmer

Gstätten, *die*/ verwahrloste Wiese. Auch: von der Natur zurückgewonnenes, ehemals verbautes Gebiet

hackeln/ arbeiten

Hahnenschwanzler, *der*/ Angehöriger der sog. „Heimwehr" (paramilitärische Truppe der österreichischen Christlichsozialen in der Zwischenkriegszeit)

harb / herb, böse; aber auch resch, schneidig

Hydrant, *der* / säulenförmiger Anschluß an die öffentliche Wasserleitung auf der Straße

Kapskutscher, *der* / Lastkarren- oder Mistkutscher

Kommunekiste, *die* / Eine von der Gemeinde (in den frühen Jahren der ersten österreichischen Republik „Kommune") Wien aufgestellte Streusand- oder Mistkiste

Kreta, *die* / verrufene Gegend im Wiener Bezirk Favoriten.

Leiberl, *das* / T - Shirt. (Ein Leiberl reißen = Erfolg haben, gut ankommen)

Menagerein, *die* / **Menagereindel**, *das* / Blechgefäß mit mehreren Einsätzen zum Transport von Verpflegung (Militärsprache: Menage = Proviant)

Packelraß, *die* / Pack, Gesindel

Pawlatschen, *die* / offener Flur oder Flurrundgang im Innenhof alten Wiener Häuser (tschechisch:pavlač)

Pfefferoni, *der* / kleine, sehr scharfe Paprikaschote

sandeln / vagabundieren, stromern

Sandler, *der* / Vagabund, Stadtstreicher, Clochard

schiach / häßlich

Sindelar, *Matthias* / legendärer Wiener Fußballer der Zwischenkriegszeit

Schleim, *der* / Wut. (Auf jemanden einen Schleim haben = Die Aggression gegen jemanden kaum mehr zurückhalten können).

Schliafhansel, *der* / Mauergerste

Stamperl, *das* / kleines Schnapsglas

Systemzeit, *die* / die Zeit der sog. Heimwehrdiktatur in Österreich, 1934–1938

Tränzerling, *der* / aus dem Mund hängender Speichelfaden

Tschick, *der* / Zigarettenstummel (italienisch: cicca)

Tschusch, *der* /abfällige Bezeichnung für Balkanbewohner, Südosteuropäer (russisch: cuzoi = fremd)

Ungustel, *der* / unsympathischer, unappetitlicher Mensch

Wickel, *der* / Unannehmlichkeit, Streit

Wimmerl, *das* / Pickel

Mein besonderer Dank für Informationen über den
Baronkarl sowie wertvolle Anregungen zu den
Peripheriegeschichten gebührt:

Otto Danhel und seiner Frau
Anna und Herbert Exenberger
Peter Herrmann
Anton Lang
Gerda, Franz und Martin Pattart
Leopoldine Schmidt, Johann Schmidt (†)
Eleonore und Heinz Schrödl
Walter Sturm
Alois Vogel
und viele andere, die ich z.T. leider nicht namentlich kenne.

Das BEZIRKSMUSEUM FAVORITEN
und die Band STAMMCAFÉ IN AUFRUHR
haben mich darüber hinaus korporativ inspiriert.

Aus Heinz Schrödls Arbeit *Baron Karl, ein Favoritner Original*
(in: „Favoritner Museumsblätter“ Nr. 12)
habe ich einige Passagen zitiert.

Lektüre:

Viktor Adler „Reden und Schriften“, Wien, 1947
Maria Kinz „Lebenswertes Favoriten“, Wien, 1992
Werner Schubert „Favoriten – von der Siedlung zur Großstadt“, Wien 1980
Ferdinand Strauß „Der Wiener- und Laaer Berg“, Wien, 1929

Marianne Baumgartner und Christine Gerstacker
danke ich für ihr Engagement.

Baronkarl (letztes Originalfoto)

Literatur

Jedes Sandkorn ist ein Stück
Adalbert Stifter
Wolfgang Goethe
Richard Pils

*

Wechselvoll verrauscht das
Leben, Lyrik
Adalbert Stifter

*

In deinem Arm in frohem
Lächeln eilen
Briefwechsel zwischen
Amalia und Adalbert Stifter

*

Der beschriebene Tännling
Die Sagen des Mühlviertels
Adalbert Stifter

*

Weihnacht/Silvester
Adalbert Stifter

*

Die Sonnenfinsternis
Adalbert Stifter

*

diarium
gerhard lampersberg

*

Nachtfahrt
Dialektgedichte
Hans Viehböck

*

Die Lagune
Richard Pils

*

blackthorn
richard wall

*

Querland
Franz Rieger

*

Aufgebote des Zweifels
Lyrik
Franz Rieger

*

in tiefste nacht
in hellstes licht
kurt mitterndorfer

*

Vergiß die Rose nicht
Theodor Storm

*

Einschicht
Fritz Lichtenauer

*

sogi sogi
Dialektgedichte
Fritz Lichtenauer

*

Scheinbar ohne Bewegung
G. G. Krenner

*

Zweite Liebe
André Müller

*

Gedankenvernichtung
André Müller

*

André Müller
im Gespräch mit
Thomas Bernhard

*

Der „Schrieb"
Karl Hennetmair

*

Lehrjahre
Thomas Bernhards
Herbert Moritz

*

Von einer Katastrophe
in die andere
Gespräche mit
Thomas Bernhard
Sepp Dreissinger

*

Karl Ömperdinger
Andreas Renoldner

*

Auf dem Taubenmarkt
Roman
Franz Kain

*

Das Brennesseldickicht
Franz Kain

*

Der Schnee war warm
und sanft
Franz Kain

*

Das Gewölbe
Elisabeth Praher

*

Was soll's,
ist ja Fasching
Fritz Habeck

*

Mitternachtswüste Gedichte
arabisch - deutsch
Khalid Al Maaly

*

Der Keksfresser
Franz Tumler

*

bruch/stücke variationen
Waltraud Seidlhofer

*

bild/er/betrachtungen
waltraud seidlhofer

*

Laß den Mund
Gedichte
Gregor M. Lepka

*

LiteraTour
Skriptum I
Welser Anthologie

*

Dorfgeschichten
Manfred Chobot

*

Und werfen Steine
Marius Huszar

*

Blumenwerk
Ländliches Journal
Deinzendorf
Friederike Mayröcker

*

Fingerzeig
Bodo Hell

*

Baronkarl
alte und neue Peripheriege-
schichten
Peter Henisch

*

Die Frau vor mir
Henriette Fischer

*

Sommerlich Dorf
Richard Wall

*

Kunst

Hauptdarsteller
Selbstdarsteller
Portraits zur
Kunst Österreichs
Sepp Dreissinger

*

Thomas Bernhard
Portraits
Bilder aus seinem Leben
und seinen Theaterstücken
mit Texten von Ingeborg
Bachmann, Ilse Aichinger,
Elfriede Jelinek, Carl Zuck-
mayer, Friedrich Heer, Botho
Strauß, Hilde Spiel, Marcel
Reich-Ranicki …
Sepp Dreissinger

*

Schmalvertikal
Eisenplatten Aufzugstüren
Paravents
Manfred Hebenstreit

*

Die Freude und
der Schmerz
Bilder
Wolfgang Böhm
Texte
Franz Krahberger

*

7-Stern Fotografien aus der
Sammlung
Gerda & Erich Walter

*

Das Florenzpapier
Grafische Partituren
Wolfgang Stifter

*

Regional

Alt-Urfahr
Liebe zu einer kleinen Welt
Anna Sonnleitner

*

Unser Urfahr
Erzählungen und Bilder
Anna Sonnleitner

*

Gmünd
Randbedingungen
Franz Drach

*

Der Freiwald
Dorfbilder um Rainbach,
Grünbach,
Windhaag, Sandl, ...

*

Der Freiwald
Dorferinnerungen

*

Freistadt
ländliche Stadtbilder
Fritz Fellner

*

Windhaag
ein Marktbuch

*

Kefermarkt
Sagen, Erzählungen
und Andeutungen

*

Burgen und Nagelein
Sagen aus
Königswiesen
und Umgebung

*

Die lindene Monstranze zu
Kefermarkt
zur Restaurierung
Adalbert Stifter

*

Weitra
in alten Ansichten ein Stadt-
buch

*

Unterweißenbach
1935–1945

*

Hartheim
wohin unbekannt
Johann Neuhauser
Michaela Pfaffenwimmer

*

Hartheim
Statistik
Richard Pils

*

Curiosa

Sagen und Erzählungen
aus der Vorzeit
von dem
Erzherzogthume Österreich
ob der Enns
1834

*

Das Linzer Kochbuch
aus dem Jahre 1827

*

Das Linzer Räthselbuch
1835

*

Die Zauberflöte
Apollo Mozzart 1793

*

Der daumenlange Hansel
mit dem ellenlangen Barte
1716

*

Die Reise nach America
mit Christoff Columbus
1492

*

Kinder

Meine Mann Männchen
Eine blaukrause Geschichte
Michael Köhlmeier

*

Marile und der Bär
Ein Kinderbuch
Michael Köhlmeier

*

Die Maus Cölestin
Ein Kinderbuch
Hermann Haider

*

Ich bin du und ich
Kindertexte

*

Das Mühlviertel
in seinen Sagen

*

und der Titel gibt's noch
mehr
nur Courage
und Prospekt anfordern

*

Dank
sage ich allen,
die mein Verlagsanliegen
unterstützen und mithelfen
Richard Pils

*

publication P N°1
Bibliothek der Provinz

publication PN°1
Bibliothek der Provinz

Verlag für Literatur, Kunst und Musikalien